Esboço

Rachel Cusk

Esboço

tradução
Fernanda Abreu

todavia

I

Antes do voo, fui convidada para almoçar num clube londrino com um bilionário que, segundo haviam me prometido, tinha um histórico liberal. Com sua camisa de colarinho aberto, ele discorreu sobre o novo software que estava desenvolvendo e poderia ajudar empresas a identificar os empregados com maior chance de roubá-las ou traí-las no futuro. A ideia era conversar sobre uma revista literária que ele estava pensando em criar; infelizmente, tive de ir embora antes de chegarmos ao assunto. Ele insistiu em pagar meu táxi até o aeroporto, o que veio a calhar, pois eu estava atrasada e minha mala era pesada.

Entusiasmado, o bilionário me havia feito o esboço da sua história de vida, que começara sem grandes atrativos e terminara — claro — com sua transformação no homem relaxado e rico sentado à mesa na minha frente nesse dia. Fiquei pensando se na verdade o que ele queria agora era ser escritor, e a revista literária lhe serviria de entrada nesse universo. Muita gente quer ser escritor; não havia motivo para pensar que não fosse possível pagar por isso. Aquele homem tinha pagado para entrar, bem como para sair, de um sem-número de coisas. Comentou sobre um projeto em que estava trabalhando para eliminar os advogados da vida pessoal dos indivíduos. Estava também desenvolvendo um modelo de usina de energia eólica flutuante grande o suficiente para acomodar toda a comunidade de pessoas necessárias para operá-la e administrá-la: a gigantesca plataforma poderia ficar em alto-mar, acabando assim com as feiosas turbinas da faixa de litoral onde ele estava torcendo para implementar o piloto da proposta, e onde, por coincidência, tinha uma casa. Aos domingos, tocava bateria numa banda de rock, só por diversão. Estava esperando seu décimo primeiro filho, o que não era tão ruim quanto parecia considerando que ele e a mulher já tinham adotado quádruplos guatemaltecos. Eu estava achando difícil assimilar tudo que ele dizia. As garçonetes não paravam de trazer mais coisas, ostras, conservas, vinhos especiais. Ele se distraía com facilidade, como uma criança que acabou de ganhar presentes de Natal em excesso. Ao me acomodar no táxi, porém, falou: divirta-se em Atenas, embora eu não me lembrasse de ter dito a ele que era para lá que estava indo.

Na pista do aeroporto de Heathrow, o avião cheio de gente aguardou em silêncio o momento da decolagem. Em pé no corredor, a comissária de bordo fez sua mímica com seus apetrechos enquanto a gravação tocava. Estávamos com os cintos apertados, um mar de desconhecidos, num silêncio que parecia o silêncio dos fiéis na leitura da liturgia. Ela nos mostrou o colete salva-vidas com sua pequena válvula, as saídas de emergência, a máscara de oxigênio pendurada num pedaço de tubo transparente. Guiou-nos pela possibilidade da morte e da tragédia, da mesma forma que o padre conduz os fiéis pelos detalhes do purgatório e do inferno, e ninguém se levantou num pulo para fugir enquanto era tempo. Em vez disso, ficamos ouvindo, ou entreouvindo, enquanto pensávamos em outras coisas, como se alguma firmeza especial nos houvesse sido conferida por essa aliança entre formalidade e destruição. Quando a voz gravada chegou à parte relativa às máscaras de oxigênio, o silêncio continuou intacto: ninguém protestou, nem ergueu a voz para discordar daquele mandamento de que era preciso cuidar dos outros somente depois de cuidar de si mesmo. No entanto, eu não tinha certeza se isso era totalmente verdadeiro.

De um dos meus lados estava sentado um menino de pele bem morena e joelhos bem abertos, cujos polegares gordos se moviam velozes pela tela de um videogame. Do outro, havia um homem baixo vestido com um terno de linho claro, muito bronzeado, com um topete de cabelos prateados. Lá fora, a tarde tórrida de verão pairava imóvel sobre a pista; pequenos veículos do aeroporto corriam livremente pelo espaço plano, derrapando, virando e traçando círculos como brinquedos, e mais longe ainda se via a fita prateada da autoestrada a correr e reluzir feito um riacho ladeado pelos campos monótonos. O avião começou a se mover e avançou pesadamente, dando a impressão de que a vista descongelava e adquiria movimento, passando a fluir por fora das janelas, primeiro devagar, depois mais depressa, até a sensação de uma subida sem esforço, quase hesitante, quando a aeronave se desprendeu do chão. Houve um segundo em que isso parecia impossível de acontecer. Mas então aconteceu.

O homem à minha direita se virou e perguntou o motivo da minha visita a Atenas. Eu disse que estava indo a trabalho.

"Espero que fique hospedada perto do mar", disse ele. "Vai estar muito calor em Atenas."

Eu disse que infelizmente não seria o caso, e ele arqueou as sobrancelhas, que eram grisalhas e brotavam da sua testa de modo inesperadamente áspero e revolto, como capim num terreno rochoso. Fora essa excentricidade que me levara a lhe responder. O inesperado às vezes parece um convite do destino.

"O calor chegou cedo este ano", disse ele. "Em geral estamos seguros até bem mais tarde. Pode ser bem desagradável para quem não está acostumado."

Na cabine que vibrava, as luzes se acenderam com um tremeluzir espasmódico; ouviu-se o barulho de portas se abrindo e batendo, grandes estalos metálicos, e pessoas começaram a se mexer, conversar, ficar em pé. Uma voz masculina falava no sistema de som; um cheiro de café e comida surgiu no ar; as comissárias de bordo começaram a andar decididas de um lado para outro do estreito corredor acarpetado, e suas meias-calças de náilon produziam um som áspero quando elas passavam. Meu vizinho me contou que fazia aquela viagem uma ou duas vezes por mês. Antes tinha um apartamento em Londres, em Mayfair, "mas hoje em dia", falou, com uma expressão pragmática da boca, "prefiro ficar no Dorchester".

Ele falava um inglês refinado e formal que não parecia de todo natural, como se em algum momento lhe houvesse sido aplicado com cuidado por meio de um pincel, feito tinta. Perguntei-lhe qual era a sua nacionalidade.

"Me mandaram estudar num colégio interno inglês aos sete anos de idade", respondeu ele. "Pode-se dizer que eu tenho as idiossincrasias de um inglês, mas o coração de um grego. Dizem", acrescentou ele, "que seria bem pior se fosse ao contrário."

Tanto seu pai quanto sua mãe eram gregos, continuou ele, mas em determinado momento haviam transferido a família inteira — eles próprios, quatro filhos, os respectivos pais e uma penca de tios e tias — para Londres, e passaram a se comportar no estilo das classes superiores inglesas, mandando os quatro meninos estudarem num colégio interno e organizando um lar que se transformou num ambiente propício para relações sociais vantajosas, com um fluxo inexaurível de aristocratas, políticos e financistas a cruzar a soleira. Perguntei como eles haviam conseguido acesso a esse universo estrangeiro, e ele encolheu os ombros.

"O dinheiro é um país em si", falou. "Meus pais eram donos de navio; os negócios da família eram um empreendimento internacional, apesar do fato de até ali termos morado na pequena ilha onde os dois tinham nascido, ilha da qual a senhora certamente não deve ter ouvido falar, apesar da sua prolixidade em relação a alguns destinos turísticos conhecidos."

Proximidade, falei. Acho que o senhor quer dizer proximidade.

"Queira me desculpar", disse ele. "Quis dizer proximidade, claro."

Mas, como todas as pessoas ricas, continuou ele, seus pais tinham superado havia muito as próprias origens e evoluíam numa esfera desprovida de fronteiras entre outras pessoas ricas e importantes. Mantinham, é claro, uma casa luxuosa na ilha, e esta seguiu sendo a sua sede doméstica enquanto os filhos eram pequenos; quando chegou a hora de mandar os filhos homens para a escola, porém, eles se transferiram para a Inglaterra, onde tinham muitos contatos, entre os quais alguns, disse ele com uma dose razoável de orgulho, que lhes permitiam acessar pelo menos os arredores do Palácio de Buckingham.

Sua família sempre fora a mais importante da ilha: dois ramos da aristocracia local haviam se unido com o casamento de seus pais, e além disso duas fortunas do transporte marítimo haviam se consolidado. Mas a cultura do lugar tinha a particularidade de ser matriarcal. Quem detinha a autoridade eram as mulheres, não os homens; os bens passavam não de pai para filho, mas sim de mãe para filha. Isso, disse o meu vizinho, gerava tensões familiares que eram o oposto daquelas que ele havia encontrado ao chegar à Inglaterra. No mundo da sua infância, um filho homem por si só já era uma decepção; ele próprio, o último de uma vasta linhagem de tais decepções, fora tratado com especial ambivalência, pois sua mãe queria acreditar que ele fosse uma menina. Seus cabelos foram deixados compridos e cacheados; punham-lhe vestidos, e ele era chamado pelo nome de menina escolhido pelos pais na esperança de ganharem enfim uma herdeira. Essa situação incomum, afirmou meu vizinho, tinha causas antigas. Desde os primórdios, a economia da ilha havia girado em torno da extração de esponjas do fundo do mar, e os rapazes da comunidade haviam se especializado em mergulho em profundidade. Tratava-se, contudo, de uma atividade perigosa, e a sua expectativa de vida era portanto extraordinariamente baixa. Nessa situação, devido à morte recorrente dos maridos, as mulheres haviam assumido o controle dos negócios, e além disso transmitiram esse controle para as filhas.

"É difícil", disse ele, "imaginar o mundo como era no auge da vida dos meus pais, sob certos aspectos tão prazerosa, e sob outros tão cruel. Por exemplo, meus pais tiveram um quinto filho, outro menino, que sofreu uma lesão cerebral durante o parto, e quando a família se mudou ele simplesmente foi deixado lá na ilha, sob os cuidados de uma sucessão de enfermeiras cujos antecedentes — naquela época, e àquela distância — temo que ninguém tenha se dado ao trabalho de investigar muito a fundo."

Ele ainda morava lá, um homem já avançado em anos com a idade mental de uma criança pequena, incapaz, é claro, de dar a sua própria versão da história. Enquanto isso, meu vizinho e os irmãos adentraram as águas gélidas de uma educação nos colégios internos da Inglaterra, e aprenderam a pensar e falar como meninos ingleses. Os cachos do meu vizinho foram cortados, para seu grande alívio, e pela primeira vez na vida ele vivenciou a crueldade, e junto com ela alguns novos tipos de tristeza: a solidão, a saudade de casa, a falta da mãe e do pai. Ele vasculhou o bolso da frente do paletó e sacou uma carteira de couro preto macio da qual extraiu uma foto dos pais vincada, em preto e branco: um homem de postura rígida e ereta, vestido com uma espécie de sobrecasaca justa abotoada até o pescoço, cujos cabelos repartidos e o grande bigode curvo, de tão negros, lhe davam um aspecto de ferocidade extraordinária;

e ao seu lado uma mulher de rosto sério tão redondo, duro e inescrutável quanto uma moeda. A foto fora tirada no final dos anos 1930, disse meu vizinho, antes de ele próprio nascer. O casamento, porém, já estava infeliz, uma vez que a ferocidade do pai e a intransigência da mãe eram mais do que mera aparência. Entre os dois se travava uma tremenda batalha de vontades na qual ninguém jamais conseguia separar os combatentes; exceto, por um tempo muito curto, quando eles morreram. Mas essa é uma história para outra ocasião, disse ele com um sorriso débil.

Durante todo esse tempo, a comissária de bordo avançava lentamente pelo corredor, empurrando um carrinho de metal do qual distribuía bandejas plásticas de comida e bebida. Ela agora havia chegado à nossa fileira: entregou-nos as bandejas de plástico branco, e eu ofereci uma ao menino à minha esquerda, que sem dizer nada levantou seu videogame com as duas mãos para que eu pudesse pousá-la na mesa dobrável à sua frente. Meu vizinho da direita e eu tiramos as tampas das nossas, para que o chá pudesse ser servido nas xícaras de plástico branco que acompanhavam a bandeja. Ele começou a me fazer perguntas, como alguém que aprendeu a se lembrar de fazê-lo, e eu me perguntei quem teria lhe ensinado essa lição, que muitas pessoas nunca aprendem. Respondi que eu morava em Londres, para onde tinha me mudado muito recentemente de uma casa no campo em que havia morado sozinha com meus filhos nos últimos três anos, e na qual durante os sete anos anteriores havíamos morado todos juntos, com o pai deles. Em outras palavras, aquele tinha sido o lar da nossa família, e eu ficara para vê-lo se transformar no túmulo de algo que não podia mais chamar com certeza nem de realidade, nem de ilusão.

Fez-se uma pausa durante a qual ficamos bebendo nosso chá e comendo os biscoitinhos macios com textura de bolo que o acompanhavam. Do outro lado das janelas via-se o roxo de uma escuridão quase completa. As turbinas emitiam um rugido constante. O interior do avião também havia ficado mais escuro, entrecortado pelos fachos das luzes de leitura do teto. Era difícil examinar o rosto do meu vizinho do assento ao lado, mas na escuridão riscada de luz ele havia se tornado uma paisagem de cumes e fendas no centro da qual se erguia o gancho extraordinário de seu nariz, lançando profundas ravinas de sombra de um lado e outro, a ponto de eu mal conseguir ver seus olhos. Ele tinha os lábios finos e a boca larga e levemente entreaberta; o trecho entre o nariz e o lábio superior era comprido e carnudo, e ele o tocava com frequência, de modo que até mesmo quando sorria seus dentes permaneciam escondidos. Era impossível, falei, em resposta à sua pergunta, citar os motivos que tinham feito o casamento acabar: entre outras coisas, um casamento é um sistema de crenças, uma narrativa, e embora se manifeste em coisas razoavelmente reais, o impulso que o move é, em última instância, um mistério. O real, no fim das contas, fora a perda da casa, transformada na localização geográfica de coisas que haviam se tornado ausentes e que representava, supunha eu, a esperança de que elas um dia pudessem voltar. Mudar-nos da casa equivalia a declarar, de certo modo, que tínhamos parado de esperar; não podíamos mais ser encontrados no telefone de sempre, no endereço de sempre. Meu filho mais novo, eu lhe contei, tem o hábito muito irritante de ir embora imediatamente do lugar em que você combinou de encontrá-lo caso você não esteja lá quando ele chegar. Em vez de esperar, ele sai à sua procura, e acaba ficando frustrado e perdido. Não encontrei você, lamenta ele depois, invariavelmente perdido. Mas a única esperança de encontrar alguma coisa é ficar exatamente onde se está, no lugar combinado. É apenas uma questão de quanto tempo você consegue aguentar.

"Meu primeiro casamento", respondeu meu vizinho após uma pausa, "muitas vezes me parece ter acabado pelo mais bobo dos motivos. Quando eu era menino, via as carroças de feno voltarem dos campos, tão abarrotadas que parecia um milagre não emborcarem. Elas sacudiam para cima e para baixo e balançavam de modo alarmante de um lado para outro, mas o incrível é que nunca viravam. E então um dia eu vi a carroça caída de lado, o feno espalhado por toda parte, pessoas correndo aos gritos. Perguntei o que tinha acontecido, e o homem me disse que eles haviam passado num buraco na estrada. Nunca me esqueci disso", falou ele, "de como parecia inevitável, e ao mesmo tempo bobo. E foi a mesma coisa comigo e minha primeira mulher", disse ele. "Nós passamos num buraco na estrada e capotamos."

Aquele tinha sido, ele percebia agora, um relacionamento feliz, o mais harmonioso de sua vida. Ele e a mulher haviam se conhecido e ficado noivos na adolescência; nunca tinham discutido até a discussão na qual tudo entre eles se rompeu. Tinham dois filhos, e haviam acumulado uma riqueza considerável: eram donos de uma ampla casa nos arredores de Atenas, um apartamento em Londres, outro em Genebra; tinham cavalos, esqui nas férias e um iate de quarenta pés atracado nas águas do Egeu. Eram ambos ainda jovens o bastante para acreditar que esse princípio de crescimento fosse exponencial; que a vida era apenas expansiva e rebentava os sucessivos recipientes nos quais você tentava contê-la em sua necessidade de se expandir mais. Após a discussão, relutante em sair definitivamente de casa, meu vizinho foi morar no iate atracado. Era verão, e o iate era luxuoso; ele podia nadar, pescar, receber amigos. Por algumas semanas, viveu num estado de pura ilusão que na verdade era uma dormência, como a dormência que sucede um ferimento antes de a dor começar a atravessá-la até abrir de modo lento, porém implacável, um caminho na densa bruma de analgesia. O tempo piorou; o iate ficou frio e desconfortável. O pai de sua mulher o chamou para um encontro no qual lhe pediram para abrir mão de qualquer reivindicação em relação a seus bens comuns, e ele aceitou. Acreditava poder se dar ao luxo de ser generoso, que ganharia tudo outra vez. Tinha trinta e seis anos de idade, e ainda sentia nas veias a força do crescimento exponencial, da vida lutando para rebentar o recipiente no qual fora contida. Podia ter tudo outra vez, com a diferença de que dessa vez iria querer o que tinha.

"Mas eu descobri", disse ele, tocando o carnudo lábio superior, "que isso é mais difícil do que parece."

Tudo isso não aconteceu como ele havia imaginado, claro. O buraco na estrada não fizera só perturbar seu casamento; fizera-o enveredar por uma estrada totalmente diferente, estrada que não passava de um longo desvio sem rumo, estrada na qual ele na verdade não deveria estar, e que às vezes ainda sentia percorrer até hoje. Como o fio solto que faz a peça de roupa inteira desfiar, era difícil remontar essa cadeia de acontecimentos até sua falha original. No entanto, esses acontecimentos haviam constituído a maior parte da sua vida adulta. Fazia quase trinta anos do fim de seu primeiro casamento, e quanto mais ele se distanciava dessa vida, mais real ela se tornava para ele. Ou não exatamente real, disse ele — o que acontecera desde então tinha sido real o suficiente. A palavra que ele estava buscando era autêntico: o seu primeiro casamento fora autêntico de um jeito que nada mais havia sido. Quanto mais velho ficava, mais esse casamento representava para ele uma espécie de lar, um lugar para o qual ele ansiava voltar. Quando ele o recordava com franqueza, porém, e mais ainda quando de fato falava com a primeira mulher — coisa rara ultimamente —, os antigos sentimentos de constrangimento retornavam. Mesmo assim, parecia-lhe agora que a vida fora vivida de maneira quase inconsciente, que ele havia se perdido nela, fora absorvido por ela, como se pode ser absorvido por um livro, acreditar nos seus acontecimentos e viver inteiramente por meio de seus personagens e junto com eles. Nunca mais desde então ele conseguira se deixar absorver; nunca mais conseguira acreditar dessa forma. Talvez fosse isso — o fato de perder a fé — que constituísse o seu anseio pela antiga vida. Fosse o que fosse, ele e a mulher haviam construído coisas que tinham prosperado, juntos haviam expandido a soma daquilo que eram e daquilo que tinham; a vida lhes correspondera de bom grado, fora generosa com eles, e isso — ele agora via — era o que lhe dera a segurança para desfazer tudo, desfazer tudo com o que agora lhe parecia uma extraordinária casualidade, pois ele pensava que havia mais.

Mais o quê?, perguntei.

"Mais vida", respondeu ele, abrindo as mãos num gesto de quem recebe. "E mais afeto", acrescentou, após uma pausa. "Eu queria mais afeto."

Ele tornou a guardar a foto dos pais na carteira. As janelas agora eram pura escuridão. Na cabine, pessoas liam, dormiam, conversavam. Um homem de bermuda folgada comprida subia e descia o corredor sacudindo um bebê no ombro. O avião parecia parado, quase imóvel; havia tão pouca interface entre o lado de dentro e o de fora, tão pouca fricção, que era difícil acreditar que estivéssemos avançando. A luz elétrica, com a escuridão absoluta lá fora, fazia as pessoas parecerem muito materiais e reais, seus detalhes muito sem mediação, impessoais, infinitos. A cada vez que o homem do bebê passava, eu via a trama dos vincos da sua bermuda, seus braços sardentos cobertos por uma grossa penugem avermelhada, a pele clara e arredondada de sua barriga no ponto em que a camiseta havia subido, e os tenros pezinhos enrugados do bebê no seu ombro, as pequenas costas curvas, a cabeça macia com sua penugem primitiva de cabelos.

Meu vizinho tornou a se virar para mim e perguntou que trabalho era aquele que estava me levando a Atenas. Pela segunda vez, senti o esforço consciente da pergunta, como se ele houvesse treinado a si mesmo para recuperar objetos que lhe caíssem das mãos. Lembrei-me de como, quando cada um de meus filhos era bebê, eles derrubavam as coisas do cadeirão de propósito para vê-las cair no chão, atividade tão prazerosa para eles quanto eram terríveis as suas consequências.

Fitavam o objeto caído — um biscoito mordido ou uma bola de plástico — e iam ficando cada vez mais agitados porque ele não retornava. Depois de algum tempo, começavam a chorar, e em geral constatavam que por essa via o objeto caído voltava para a sua mão. Sempre me surpreendia que a sua reação a essa cadeia de acontecimentos fosse repeti-la: com o objeto de novo em mãos, eles o largavam outra vez, e se inclinavam para vê-lo cair. Seu prazer nunca diminuía, e tampouco seu sofrimento. Eu sempre imaginava que em algum momento eles fossem entender que o sofrimento era desnecessário e decidiriam evitá-lo, mas isso nunca acontecia. A lembrança do sofrimento não tinha absolutamente nenhum efeito sobre o que eles resolviam fazer: pelo contrário, instigava-os a repeti-lo, pois o sofrimento era a mágica que fazia o objeto voltar e tornava o prazer de largá-lo possível outra vez. Se eu tivesse me recusado a devolvê-lo da primeira vez que eles o deixassem cair, imagino que teriam aprendido algo bem diferente, embora eu não soubesse ao certo o que poderia ter sido.

Contei-lhe que era escritora, e que estava indo passar dois dias em Atenas para dar um curso de verão numa faculdade de lá. O curso se chamava "Como escrever": vários escritores diferentes davam aula nele, e como não existe um só jeito de escrever, eu supunha que fôssemos dar conselhos contraditórios aos alunos. A maioria deles eram gregos, eu fora informada, embora para os objetivos do curso esperava-se que escrevessem em inglês. Outras pessoas se mostravam céticas em relação a essa ideia, mas eu não via nada de errado nela. Eles podiam escrever no idioma que quisessem; para mim não fazia diferença. Às vezes, falei, a perda de transição se transformava em ganho de simplicidade. Lecionar era apenas uma forma de ganhar a vida, continuei. Mas eu tinha um ou dois amigos em Atenas que talvez encontrasse quando estivesse lá.

Escritora, disse meu vizinho, inclinando a cabeça num gesto que poderia ter significado respeito pela profissão, ou total ignorância em relação a ela. Eu havia percebido, assim que me sentara ao seu lado, que ele estava lendo um Wilbur Smith já bem surrado; o livro, disse ele então, não era totalmente representativo do seu gosto literário, embora fosse verdade que lhe faltasse critério no que dizia respeito à ficção. Interessavam-lhe livros de informação, sobre fatos e a interpretação dos fatos, e ele tinha segurança de que nesse quesito suas preferências não eram simplórias. Era capaz de reconhecer um bom estilo de prosa; um de seus autores preferidos, por exemplo, era John Julius Norwich. Em ficção, porém, admitia que lhe faltava cultura. Ele tirou o Wilbur Smith do bolso da poltrona, onde o livro ainda permanecia, e o mergulhou dentro da pasta de trabalho aos seus pés de modo a fazê-lo sumir, como se desejasse renegá-lo, ou talvez pensando que eu fosse esquecer que o tinha visto. Na verdade, eu não estava mais interessada na literatura como forma de esnobismo ou mesmo como uma forma de autodefinição — não tinha desejo algum de demonstrar que um livro era melhor do que outro; na verdade, se eu lesse alguma coisa que admirasse, me via cada vez menos inclinada a mencioná-la. O que eu sabia pessoalmente ser verdade passara a parecer em tudo distinto do processo de convencer os outros. Eu não queria convencer ninguém de nada, não mais.

"Minha segunda mulher", disse meu vizinho pouco tempo depois, "nunca tinha lido um livro na vida."

Ela era inteiramente ignorante, continuou ele, mesmo em relação a noções básicas de história e geografia, e costumava dizer as coisas mais constrangedoras na frente dos outros sem o menor sentimento de vergonha. Pelo contrário, ficava brava quando as pessoas falavam de coisas que ela ignorava: por exemplo, quando um amigo venezuelano foi nos visitar, ela se recusou a acreditar que esse país existisse, pois nunca tinha ouvido falar nele. Ela era inglesa, e dona de uma beleza tão sublime que era difícil não lhe atribuir algum refinamento interior; entretanto, embora a sua índole de fato guardasse algumas surpresas, estas não eram de um tipo particularmente agradável. Ele muitas vezes convidava os pais dela para irem à sua casa, como se, ao observá-los, quem sabe conseguisse decifrar o mistério da filha. Os dois iam para a ilha, onde a casa da família ainda permanecia, e lá ficavam semanas a fio. Ele nunca na vida tinha conhecido pessoas tão extraordinariamente sem graça, tão pouco interessantes; por mais que se exaurisse tentando estimulá-los, seus sogros se mostravam tão sem reação quanto um par de poltronas. No final, afeiçoou-se muito a eles, do mesmo jeito que alguém pode se afeiçoar a poltronas; principalmente ao pai, cuja reserva desmedida era tão extrema que aos poucos meu vizinho começou a compreender que ele devia padecer de algum tipo de lesão psíquica. Comovia-o ver alguém tão machucado pela vida. Quando era mais jovem, é quase certo que não teria sequer reparado naquele homem, quanto mais se questionado sobre os motivos do seu silêncio; e assim, ao reconhecer o sofrimento do sogro, começou a reconhecer o seu próprio sofrimento. Soa trivial, mas seria quase possível dizer que, por meio desse reconhecimento, ele sentiu sua vida inteira girar no eixo: por uma simples revolução de perspectiva, a história da sua determinação lhe aparecera como uma jornada moral. Ele tinha se virado, como um alpinista se vira e olha para baixo da montanha, revendo o caminho percorrido, não mais absorto na subida.

Muito tempo antes — tanto que esquecera o nome do autor — ele tinha lido algumas linhas memoráveis numa história sobre um homem que está tentando traduzir outra história de um autor muito mais famoso. Nessas linhas — que segundo o meu vizinho ele recordava até hoje — o tradutor afirma que uma frase nasce para este mundo nem boa, nem ruim, e que estabelecer sua natureza depende dos ajustes mais sutis possíveis, um processo intuitivo em que o exagero e a força são fatais. Essas linhas diziam respeito à arte da escrita, mas ao olhar em volta, no começo da meia-idade, meu vizinho passou a ver que se aplicavam igualmente à arte da vida. Para onde quer que ele olhasse, via pessoas por assim dizer estragadas pelo caráter extremo das próprias experiências, e seus novos sogros pareciam um exemplo disso. O que estava claro, em todo caso, era que a mulher o havia tomado por um homem bem mais rico: o fatídico iate, onde ele fora se esconder como fugitivo conjugal e único bem que lhe restava dessa época, fora o que a havia atraído. Ela precisava muito de luxo, e ele começou a trabalhar como nunca na vida, às cegas, com frenesi, gastando todo seu tempo em reuniões e a bordo de aviões, negociando e fechando acordos, assumindo cada vez mais riscos para poder lhe proporcionar a riqueza que ela partira do princípio que existia. Na verdade, ele estava alimentando uma ilusão: o que quer que fizesse, o abismo entre ilusão e realidade jamais poderia ser transposto. Gradualmente, disse ele, esse abismo, essa distância entre como as coisas eram e como eu queria que fossem, começou a me corroer. Eu me senti esvaziar, disse ele, como se até ali tivesse vivido das reservas acumuladas ao longo dos anos e elas houvessem aos poucos se exaurido.

Foi nessa época que a retidão de sua primeira mulher, a riqueza e prosperidade de sua vida em família e a profundidade de seu passado compartilhado começaram a afetá-lo. A primeira mulher, depois de uma fase infeliz, havia se casado outra vez: depois do seu divórcio, havia desenvolvido uma fixação pelo esqui, ia para o norte da Europa e para as montanhas sempre que podia, e em pouco tempo havia se declarado casada com um instrutor de Lech que, segundo ela, tinha lhe devolvido a confiança em si mesma. Esse casamento, admitiu meu vizinho, continuava incólume até hoje. No início, porém, meu vizinho havia começado a perceber que cometera um erro, e tentara retomar contato com a primeira mulher, não sabia ao certo com que intenções. Seus dois filhos, um menino e uma menina, eram ainda bem pequenos: era natural, afinal de contas, que os dois mantivessem contato. Ele se lembrava de modo difuso que, na fase imediatamente posterior à separação, era ela quem vivia tentando entrar em contato com ele; e se lembrava também que evitava suas ligações, pois estava entretido correndo atrás da mulher que era agora sua segunda esposa. Estava indisponível, havia adentrado um mundo novo no qual a primeira mulher mal parecia existir, no qual ela era uma espécie de boneco de papelão ridículo cujos atos — assim convenceu a si mesmo e outros — eram os atos de uma louca. Mas agora era ela que não podia ser encontrada: estava se lançando de frias montanhas brancas no maciço de Arlberg, onde ele não existia mais para ela do que ela existira para ele. Não atendia suas ligações, ou as atendia de modo sucinto, distraído, e dizia que precisava desligar. Não podia ser forçada a reconhecê-lo, e isso era o mais estarrecedor de tudo, pois o fazia se sentir inteiramente irreal. Fora com ela, afinal, que a sua identidade se constituíra: se ela não o reconhecia mais, então quem era ele?

O estranho, disse ele, é que até hoje, quando esses acontecimentos pertencem a um passado distante e ele e a primeira mulher se comunicam com mais regularidade, ela só precisa falar por mais de um minuto para começar a irritá-lo. E ele não duvidava que, caso ela houvesse voltado correndo das montanhas na época em que ele parecia ter mudado de ideia, teria rapidamente passado a irritá-lo tanto que todo o fim do seu relacionamento teria sido reencenado. Em vez disso, eles envelheceram distantes um do outro: quando ele fala com ela, imagina com bastante clareza a vida que os dois teriam tido, a vida que estariam dividindo agora. É como passar em frente a uma casa onde se morou: o fato de ela ainda existir, tão concreta, faz tudo o que aconteceu desde então parecer de algum modo imaterial. Sem estrutura, os acontecimentos são irreais: a realidade da sua mulher, assim como a realidade da casa, era estrutural, determinante. Tinha limites, nos quais ele esbarra ao ouvir a mulher ao telefone. No entanto, a vida sem limites tem sido exaustiva, tem sido uma longa história de despesas concretas e emocionais, como trinta anos morando numa sucessão de hotéis. O que lhe custou foi a sensação de impermanência, de não ter um lar. Ele gastou rios de dinheiro para se livrar desse sentimento, para pôr um teto acima da própria cabeça. E o tempo todo vê ao longe o seu lar — a sua mulher — parados ali, essencialmente intactos, mas agora pertencentes a outras pessoas.

Eu disse que o modo como ele havia contado sua história demonstrava em grande medida esse fato, pois eu não conseguia ver a segunda mulher nem com metade da clareza com a qual conseguia ver a primeira. Na verdade, eu não acreditava totalmente nela. Ela era apresentada como uma vilã genérica, mas na realidade que mal havia feito? Ela jamais fingira ser uma intelectual, como por exemplo meu vizinho fingira ser rico, e como fora valorizada inteiramente por sua beleza, era natural — alguns diriam sensato — querer atribuir um preço a essa beleza. Quanto à Venezuela, quem era ele para dizer o que alguém deveria ou não saber? Eu estava certa de que havia muitas coisas que ele próprio não sabia, e o que ele não sabia não existia mais para ele do que a Venezuela para sua bela mulher.

Meu vizinho enrugou tanto a testa que sulcos semelhantes aos de um palhaço surgiram de ambos os lados de seu queixo.

"Eu reconheço", disse ele após uma longa pausa, "que em relação a esse tema posso estar sendo um pouco parcial."

A verdade era que ele não conseguia perdoar a segunda mulher pelo modo como ela havia tratado seus filhos, que passavam com eles as férias escolares, em geral na velha casa da família na ilha. Ela nutria um ciúme especial em relação ao mais velho, um menino, de quem criticava todo e qualquer movimento. Observava-o com uma obsessão sempre bastante extraordinária de ver, e vivia obrigando-o a trabalhar pela casa, culpando-o pelo menor indício de bagunça e insistindo no seu direito de puni-lo por aquilo que somente ela considerava suas falhas. Certa vez, ao chegar em casa, ele havia encontrado o menino trancado no imenso porão semelhante a uma catacumba que ocupava todo o espaço sob a casa, um lugar escuro e sinistro na melhor das situações, aonde ele próprio costumava ter medo de ir quando criança. Seu filho estava deitado de lado, tremendo, e disse ao pai que tinha sido posto ali por não ter tirado o prato da mesa. Era como se ele representasse tudo que constituía um estorvo no seu papel de esposa, como se encarnasse alguma injustiça pela qual ela se sentia presa; e ele era também a prova de que, com relação ao marido, ela não havia chegado primeiro nem jamais poderia chegar.

Ele nunca conseguira entender aquela sua necessidade de primazia, pois afinal de contas não era culpa sua ele ter vivido a vida antes de conhecê-la; no entanto, ela parecia cada vez mais decidida a destruir essa história, e a destruir as crianças que eram as suas provas impossíveis de erradicar. Àquela altura, os dois tinham também um filho em comum, outro menino, mas longe de amenizar as coisas, isso parecera apenas piorar o ciúme da mulher. Ela o acusava de não amar seu filho tanto quanto amava os mais velhos; sempre o observava à espreita de indícios de preferência, e na realidade favorecia explicitamente o filho em comum, mas com frequência ficava brava com o menininho também, como se sentisse que uma criança diferente poderia ter vencido aquela batalha para ela. E, de fato, ela praticamente abandonou o filho quando o fim chegou. Eles estavam passando o verão na ilha, e os pais dela — as duas poltronas — também estavam lá. Ele àquela altura sentia mais afeto por eles do que nunca, pois considerava sua insipidez uma prova da índole tempestuosa da filha. Os dois eram como uma paisagem continuamente assolada por tufões; viviam num estado de semidevastação permanente. Sua mulher meteu na cabeça que queria voltar para Atenas; ele supunha que estivesse entediada na ilha. Provavelmente havia festas às quais desejava ir, coisas que desejava fazer; estava cansada de passar os verões sempre ali, no mausoléu da família; além do mais, seus pais em breve pegariam o avião de volta para a capital, de modo que poderiam viajar todos juntos, disse ela, e deixar as crianças mais velhas ali, aos cuidados da governanta. Meu vizinho respondeu que não podia voltar para Atenas naquele momento. Não tinha como deixar os filhos — eles ainda iriam passar mais duas ou três semanas com ele. Como poderia abandoná-los, quando aquele era o único período que tinha com eles? Bem, disse ela, se ele não fosse, poderia pura e simplesmente considerar o casamento acabado.

Esse foi, portanto, o duelo final: ele afinal estava sendo obrigado a escolher, e é claro que sentiu não ter a menor escolha. Aquilo parecia totalmente irracional, e seguiu-se um bate-boca horroroso ao fim do qual sua mulher, seu filho e os pais dela embarcaram num navio de volta para Atenas. Antes de irem, seu sogro fez uma rara incursão na oralidade. O que ele disse foi que conseguia ver a situação do ponto de vista do meu vizinho. Foi a última vez que meu vizinho viu os dois, e praticamente a última vez que viu a esposa, que voltou para a Inglaterra com os pais e de lá lhe pediu o divórcio. Contratou um advogado muito bom, e meu vizinho se viu quase falido pela segunda vez na vida. Vendeu o iate e comprou um pequeno barco a motor que refletia com mais exatidão o estado de suas finanças. O filho do casal, porém, tornou a aparecer depois que a mãe se casou outra vez, após arrumar um aristocrata inglês dono de uma fortuna comprovadamente imensa, e descobrir que o menino atrapalhava seu segundo matrimônio de modo bem parecido com o que os filhos do meu vizinho haviam atrapalhado o seu. Nesse último detalhe havia uma prova, se não da integridade da sua ex-mulher, no mínimo de uma certa coerência.

Muita coisa se perde num naufrágio, disse ele. O que resta são fragmentos, e se você não os segura o mar os carrega também. Apesar disso, falou ele, eu ainda acredito no amor. O amor restaura quase tudo, e quando não consegue restaurar, leva a dor embora. Por exemplo a senhora, disse-me ele — a senhora agora está triste, mas se estivesse apaixonada a tristeza iria cessar. Sentada ali, tornei a pensar nos meus filhos em seus cadeirões de alimentação, e na sua descoberta de que o sofrimento magicamente fazia a bola voltar. Nesse instante, o avião deu sua primeira e suave guinada para baixo na escuridão. Uma voz começou a falar no sistema de som; as comissárias se puseram a andar de lá para cá para direcionar os passageiros de volta aos seus assentos. Meu vizinho pediu meu número de telefone; quem sabe poderíamos jantar um dia quando eu estivesse em Atenas?

Continuei insatisfeita com a história do seu segundo casamento. Faltara-lhe objetividade; a história se apoiava excessivamente em extremos, e as propriedades morais que atribuía a esses extremos muitas vezes eram incorretas. Não era errado, por exemplo, sentir ciúme de um filho, embora com certeza fosse muito doloroso para todos os envolvidos. Eu constatava que não havia acreditado em determinados fatos importantes, que a ex-mulher tinha trancado o filho dele no porão, por exemplo, e tampouco ficara inteiramente convencida quanto a sua beleza, que mais uma vez me parecia ter sido equivocadamente utilizada. Se não era errado sentir ciúme, por certo não era errado ser bonita; o erro consistia no fato de a beleza ter sido, por assim dizer, roubada pelo narrador sob um falso pretexto. A realidade podia ser descrita como o eterno equilíbrio entre positivo e negativo, mas naquela história os dois polos haviam se dissociado e a eles tinham sido atribuídas identidades distintas e em conflito. A narrativa invariavelmente mostrava certas pessoas — o narrador e seus filhos — sob uma luz favorável, enquanto a esposa só aparecia quando era necessário se condenar mais ainda. Às traiçoeiras tentativas do narrador de entrar em contato com a primeira esposa, por exemplo, era atribuído um status positivo, de empatia, enquanto a insegurança da segunda esposa — bem fundamentada, como agora sabíamos — era tratada como um crime incompreensível. A única exceção era o amor do narrador por seus sogros maçantes e assolados pelo tufão, detalhe ambivalente em que o positivo e o negativo recuperavam o equilíbrio. Fora isso, era uma história na qual eu sentia que a verdade estava sendo sacrificada em nome do desejo de vencer do narrador.

Meu vizinho riu e disse que eu provavelmente estava certa. Meus pais passaram a vida inteira brigando, disse ele, e ninguém jamais venceu. Mas ninguém tampouco fugiu. Quem fugiu foram as crianças. Meu irmão se casou cinco vezes, disse ele, e passa o dia de Natal sentado sozinho em seu apartamento de Zurique, contando seu dinheiro e comendo um sanduíche de queijo. Me diga a verdade, falei: ela trancou mesmo seu filho no porão? Ele inclinou a cabeça.

"Ela sempre negou", respondeu. "Dizia que Takis tinha se trancado lá dentro para lhe criar problemas."

Mas reconheço, disse ele, que não era irracional ela querer que eu fosse para Atenas. Ele não me contara exatamente a história toda — na verdade, a mãe dela tinha adoecido. Nada muito sério, mas ela precisava ser internada no hospital no continente, e o grego da esposa não era lá grande coisa. Mas ele achava que sua mulher e o pai dela juntos fossem conseguir dar conta. O comentário do sogro ao se despedir, portanto, era mais ambivalente do que havia parecido na primeira versão da história. A essa altura nós já tínhamos apertado os cintos, como a voz no sistema de som nos instruíra a fazer, e pela primeira vez vi luzes lá embaixo à medida que descíamos oscilantes, uma grande floresta de luzes surgindo e desaparecendo misteriosamente em meio à escuridão.

Na época, eu vivia o tempo todo preocupadíssimo com meus filhos, disse meu vizinho. Não conseguia pensar naquilo de que eu ou ela precisávamos; achava que eles precisavam mais de mim. As palavras dele me fizeram pensar nas máscaras de oxigênio, que não tinham, claro, feito aparição alguma nas últimas horas. Era uma espécie de cinismo mútuo, falei, que tivera como resultado as máscaras de oxigênio serem fornecidas, com o entendimento tácito de que jamais seriam necessárias. Meu vizinho disse ter constatado que isso era verdade em relação a muitos aspectos da vida, mas que mesmo assim a lei das médias não era algo em que valesse a pena basear nossas expectativas pessoais.

II

Reparei que, ao caminhar por trechos estreitos de calçada junto ao tráfego movimentado, Ryan sempre se posicionava do lado de dentro.

"Andei lendo sobre as estatísticas de mortes relacionadas ao trânsito em Atenas", disse ele. "Estou levando essa informação muito a sério. Tenho obrigação com a minha família de chegar em casa inteiro."

Muitas vezes havia cachorros acachapados na calçada, cachorros grandes, com pelagens desgrenhadas extravagantes. Entorpecidos de calor, não se mexiam, a não ser pela respiração a movimentar debilmente suas costelas. De longe, às vezes pareciam mulheres de casacos de pele que houvessem desabado de tão bêbadas.

"É para passar por cima dos cachorros?", indagou Ryan, sem saber. "Ou dar a volta?"

O calor não o incomodava, disse ele — na verdade, estava até gostando. Tinha a sensação de que anos de umidade estavam secando. Seu único arrependimento era ter esperado até os quarenta e um anos de idade para ir até lá, porque aquele parecia um lugar realmente fascinante. Pena sua mulher e seus filhos não poderem visitá-lo também, mas ele estava decidido a não estragar a experiência sentindo culpa. Sua mulher fora passar o fim de semana com as amigas em Paris pouco antes, deixando-o sozinho para cuidar das crianças; não havia motivo para ele não sentir que tinha merecido aquilo. Além disso, para ser totalmente honesto, crianças diminuíam o ritmo da pessoa: naquela manhã, a primeira coisa que ele fizera fora subir a pé até a Acrópole, antes que o calor ficasse intenso demais, e não poderia ter feito isso com as crianças a tiracolo, poderia? E mesmo que tivesse feito, teria passado o tempo inteiro preocupado com queimaduras de sol e desidratação, e embora talvez tivesse visto o Partenon pousado feito uma coroa em ruínas dourada e branca no alto do morro com o azul pagão e ofuscante do céu por trás, não o teria sentido, como pudera senti-lo naquela manhã, arejar os recônditos sombreados do seu ser. Ao subir até lá, por algum motivo havia recordado como, no quarto de dormir da sua infância, os lençóis sempre cheiravam a mofo. Na casa dos seus pais, quando você abria um armário, na metade das vezes havia água escorrendo no fundo. Na hora de trocar Tralee por Dublin, ele descobrira que todos os seus livros estavam grudados nas prateleiras ao tentar retirá-los. Beckett e Synge haviam apodrecido e se transformado em cola.

"O que sugere que eu não era grande coisa como leitor", disse ele, "de modo que não é um detalhe que eu revele com tanta frequência assim."

Não, ele nunca estivera na Grécia antes, nem em qualquer outro lugar onde o sol fosse garantido. De todo modo, sua mulher era alérgica — digo, alérgica ao sol. Como ele, fora criada em meio à umidade e à sombra, e o sol lhe causava manchas roxas e bolhas; ela não conseguia suportar de jeito nenhum o calor, que provocava enxaquecas e vômitos. Nas férias, eles levavam as crianças para Galway, onde os pais dela tinham casa, e quando ficavam desesperados por uma trégua de Dublin podiam sempre voltar para Tralee. É bem aquele tipo de casa em que, quando a gente chega, os outros têm de nos acolher, disse ele. E sua mulher achava bom isso tudo, a rede familiar, os almoços de domingo, as crianças com avós de ambos os lados, mas no que dependesse dele jamais tornaria a cruzar a porta da casa dos pais. Não que eles tivessem feito algo particularmente errado, falou, são pessoas até bem simpáticas, é só que eu não acho que isso iria me ocorrer.

Passamos por um café com mesas à sombra de um toldo grande, e as pessoas sentadas diante das mesas tinham um ar superior, frescas e atentas ali na sombra enquanto nós enfrentávamos de modo incompreensível o calor e o tumulto da rua. Ryan disse que talvez fosse parar e beber alguma coisa; falou que tinha estado lá mais cedo para o café e que o lugar lhe parecera agradável. Não ficou claro se ele queria que eu me sentasse com ele ou não. Na verdade, ele havia formulado a frase com tanto cuidado que tive a impressão de que a inclusão era algo que ele de fato evitava. Depois disso, passei a observá-lo, atenta a essa característica, e reparei que, quando os outros estavam fazendo planos, Ryan sempre dizia "talvez eu vá mais tarde" ou "pode ser que eu encontre você lá", em vez de se comprometer com um horário e um local. Só contava o que fazia depois de ter feito. Certa vez encontrei-o por acaso na rua e reparei que seus cabelos penteados para trás estavam molhados, então lhe perguntei de bate-pronto de onde ele estava vindo. Ele admitiu ter ido nadar no hotel Hilton, que tinha uma grande piscina ao ar livre, onde havia se passado por hóspede e feito vinte chegadas ao lado de plutocratas russos, homens de negócios americanos e moças com corpos cirurgicamente turbinados. Não tinha dúvida de que os funcionários da piscina estavam de olho nele, mas ninguém se atrevera a abordá-lo. De que outra forma seria possível se exercitar, indagou, no meio de uma cidade sufocada pelo tráfego sob um calor de quarenta graus?

À mesa, como os outros homens, ele se sentou de costas para a parede, de modo a ter uma vista do café e da rua. Sentei-me na sua frente, e como ele era tudo que eu conseguia ver, fiquei olhando para ele. Ryan estava dando aulas comigo no curso de verão; de longe, era um homem de beleza convencional e cabelos claros, mas de perto havia em sua aparência algo desconfortável, como se ele tivesse sido montado com elementos sem relação entre si, fazendo com que as diferentes partes que o compunham não se encaixassem por completo. Tinha grandes dentes brancos que sempre mantinha um pouco expostos e um corpo flácido equilibrado em algum ponto entre músculo e gordura, mas a cabeça era pequena e estreita, com cabelos esparsos e quase sem cor que brotavam arrepiados da testa e cílios sem cor agora escondidos atrás de óculos escuros. As sobrancelhas, contudo, eram marcantes, retas e pretas. Quando a garçonete chegou, ele tirou os óculos e vi seus olhos, duas pequenas lascas azuis brilhantes no meio de escleras levemente avermelhadas. As bordas também estavam vermelhas, como se estivessem irritadas, ou como se o sol as houvesse queimado. Ele perguntou à garçonete se tinha cerveja sem álcool, e ela se inclinou na sua direção com a mão em concha ao redor do ouvido, sem entender. Ele pegou o cardápio e os dois o examinaram juntos.

"Alguma destas cervejas aqui", começou ele devagar, correndo um dedo professoral pela lista e relanceando os olhos para ela com frequência, "é sem álcool?"

Ela se inclinou mais para perto ainda e examinou o lugar para o qual seu dedo apontava, enquanto os olhos dele se fixavam no seu rosto, um rosto jovem e bonito, com cachos compridos de ambos os lados que ela não parava de ajeitar atrás das orelhas. Como ele estava apontando para algo que não estava ali, sua incompreensão perdurou, e no fim ela disse que precisaria chamar o gerente, quando então ele fechou o cardápio como um professor que termina uma aula e disse para ela não se preocupar, que ele simplesmente beberia uma cerveja normal no fim das contas. Essa mudança de planos a deixou mais confusa ainda; o cardápio tornou a ser aberto e a lição inteira repetida, e me vi desviando a atenção para as pessoas sentadas em outras mesas e para a rua lá fora, onde carros passavam e cães jaziam deitados em montinhos de pelos sob a luz ofuscante.

"Foi ela quem me atendeu hoje de manhã", disse Ryan depois que a garçonete foi embora. "A mesma menina. Que povo lindo, não é? Mas que pena ela não ter a cerveja. Lá na Irlanda dá para achar em qualquer lugar."

Ele disse que estava tentando seriamente diminuir a bebida; havia passado o ano anterior basicamente numa onda saúde, malhando todos os dias e comendo salada. Tinha relaxado um pouco quando as crianças nasceram, e de todo modo era difícil se manter saudável na Irlanda; toda a cultura do país agia contra isso. Durante a juventude em Tralee, ele estava muito acima do peso, assim como muita gente por lá, incluindo os pais e o irmão mais velho, que ainda consideravam batatas chips uma das suas cinco porções diárias de frutas e legumes. Havia desenvolvido também diversas alergias, eczema e asma, que sem dúvida a dieta da família não ajudara a melhorar. Na escola da sua infância, os alunos tinham de usar shorts com meias de lã três-quartos, e as meias grudavam no seu eczema de um jeito horroroso. Ele ainda se lembrava de tirá-las na hora de dormir e de metade da pele das suas pernas sair junto. Hoje em dia, claro, você levaria seu filho correndo para ver um dermatologista ou um homeopata, mas na época a pessoa simplesmente tinha de se virar. Quando ele tinha dificuldades respiratórias, seus pais o mandavam sentar no carro do lado de fora da casa. Quanto ao peso, disse ele, você raramente se via sem roupa, ou raramente via qualquer outra pessoa sem roupa, aliás. Ele recordava a sensação de distanciamento em relação ao próprio corpo enquanto este se esfalfava no ambiente úmido e repleto de ácaros da casa; os pulmões congestionados e a pele pruriginosa, as veias saturadas

de açúcar e gordura, a carne flácida envolta por roupas desconfortáveis. Quando adolescente, ele era complexado e sedentá-
rio, e evitava qualquer exposição física. Mas então passou um
ano nos Estados Unidos cursando um programa de criação literária, e descobriu que com força de vontade poderia mudar
completamente o visual. O campus tinha piscina e academia,
e comidas das quais ele nunca sequer ouvira falar — brotos,
grãos integrais, soja — na cafeteria; e não só isso, ele também
vivia cercado por pessoas para quem a ideia de autotransforma-
ção era uma profissão de fé. Abraçou o conceito inteiro quase
da noite para o dia: podia decidir como queria ser e então sê-lo.
Não existia predestinação alguma; agora entendia que aquela
noção de si mesmo como uma sina e uma maldição que havia pairado como uma mortalha sobre toda a sua vida podia ficar para trás, na Irlanda. Em sua primeira ida à academia, viu
uma garota linda malhando num aparelho ao mesmo tempo
que lia um grande livro de filosofia aberto num suporte à sua
frente, e mal conseguiu acreditar nos próprios olhos. Descobriu que todos os aparelhos da academia tinham suportes para
livros. Aquele aparelho se chamava step, e simulava o ato de
subir uma escada; daquele dia em diante, ele passou a usá-lo
sempre, e sempre com um livro aberto na sua frente, pois a
imagem daquela garota, que para sua considerável decepção
nunca mais tornou a ver, ficara gravada na sua mente. Ao longo
do ano, ele deve ter subido o equivalente a muitos quilômetros em degraus enquanto permanecia no mesmo lugar, e essa
era a imagem que havia internalizado, não só da garota, mas da
própria escadaria imaginária, e dele próprio a subi-la eterna-
mente com um livro pendurado logo em frente feito uma ce-
noura diante de um burro. Subir aquela escada era o trabalho
que ele precisava fazer para se separar do lugar de onde viera.

O fato de por acaso ter ido para os Estados Unidos foi mais
do que uma sorte, disse ele: foi o divisor de águas da sua vida,

e pensar no que teria sido e no que teria feito caso esse divisor de águas não tivesse ocorrido de certa forma o assustava. Fora seu professor de inglês na graduação quem lhe falara sobre o programa de criação literária e o incentivara a se candidatar. Quando a carta chegou, ele já havia concluído a graduação e estava de volta a Tralee, morando na casa dos pais e trabalhando numa fábrica de processamento de carne de frango, tendo um caso com uma mulher casada bem mais velha do que ele com dois filhos dos quais não duvidava que tivesse intenções de fazê-lo bancar o pai. A carta dizia que estavam lhe oferecendo uma bolsa com base na amostra de texto que ele havia apresentado, além de um segundo ano subsequente pago caso ele quisesse fazer uma formação de professor. Quarenta e oito horas depois, ele tinha ido embora levando consigo uns poucos livros e as roupas com as quais havia acordado, embarcado num avião e saído das Ilhas Britânicas pela primeira vez na vida, e sem na realidade ter a menor ideia de para onde estava indo, a não ser que dali de cima das nuvens parecia ser o paraíso.

Na verdade, disse ele, seu irmão mais velho por acaso partiu para os Estados Unidos mais ou menos na mesma época. Ele e o irmão nunca tinham tido grande coisa a dizer um ao outro, e na época ele mal sabia dos planos de Kevin mas, pensando bem, foi uma coincidência e tanto, com a diferença de que Kevin não teve um golpe de sorte para impulsioná-lo. Em vez disso, havia se alistado nos Fuzileiros Navais dos Estados Unidos, e muito provavelmente na mesma época em que Ryan malhava no aparelho de step, Kevin também estava se livrando das banhas de Tralee no campo de treinamento. Até onde Ryan sabia, ele poderia estar morando bem perto, embora os Estados Unidos sejam grandes e isso fosse pouco provável. E o trabalho, é claro, requer muitas viagens, disse ele com aparente sinceridade. Por outra coincidência, os dois irmãos voltaram para a Irlanda três anos depois e se encontraram na sala da casa dos pais, ambos agora magros e em boa forma, Ryan com uma qualificação de professor, um contrato de livro e uma namorada bailarina clássica, e Kevin com o corpo tatuado de forma grotesca e um distúrbio mental que significava que a sua vida nunca mais iria lhe pertencer. Pelo visto, a escadaria imaginária, além de subir, também podia descer: Ryan e o irmão eram agora efetivamente membros de duas classes sociais distintas, e enquanto Ryan ia para Dublin assumir um cargo de professor na universidade, Kevin voltou para o úmido quarto de dormir da sua infância, onde, tirando a estada ocasional numa instituição psiquiátrica, permanece até hoje. O engraçado, disse Ryan, é que o orgulho dos pais pelas conquistas dele, Ryan, era tão pequeno quanto a culpa pelo colapso de Kevin. Tentaram se livrar de Kevin mandando interná-lo de modo permanente, mas ele não parava de ser devolvido para eles, o eterno mau elemento. Apesar disso, eles nutriam também um leve desdém por Ryan, o escritor e professor universitário, que agora vivia numa bela casa em Dublin e estava prestes a se casar, não com a bailarina clássica, mas com uma moça irlandesa, uma amiga de faculdade da época anterior aos Estados Unidos. O que Ryan havia aprendido com isso era que os seus fracassos vivem voltando para você, enquanto os seus sucessos são algo de que você precisa sempre se convencer.

Seus olhos azuis estreitos se fixaram na jovem garçonete, que vinha se aproximando pela sombra com as bebidas.

"Ah, fuja comigo", disse ele quando ela se inclinou para pousar seu copo sobre a mesa. Pensei que ela devia ter escutado, mas ele havia julgado bem a situação: sua sublime e escultural postura não se abalou. "Que povo", comentou, ainda a observá-la enquanto ela se afastava. Perguntou se eu conhecia alguma coisa do país, e eu disse que havia estado ali, em Atenas, numas férias de certa forma fatídicas com meus filhos, três anos antes.

"Um povo lindo", retrucou ele. Após algum tempo, disse imaginar que isso não fosse tão difícil de explicar, considerando o clima e o modo de vida, e é claro a dieta do país. Quem olhava para os irlandeses via séculos de chuva e batatas podres. Ele ainda tinha de lutar contra isso dentro de si mesmo, contra essa sensação de carne contaminada; era muito difícil se sentir limpo na Irlanda do modo como se sentira nos Estados Unidos, ou do modo como a pessoa se sentia ali. Perguntei-lhe por que ele tinha voltado após concluir o mestrado, e ele disse que por vários motivos, embora nenhum deles fosse particularmente forte. Só que, todos somados, representaram o suficiente para lhe dar o empurrãozinho final da volta. Um deles, na verdade, era justamente aquilo de que ele mais gostava nos Estados Unidos nos primeiros tempos, a sensação de que ninguém na realidade vinha de lugar nenhum. Quero dizer, disse ele, obviamente as pessoas tinham de vir de algum lugar, mas não havia a mesma sensação da sua cidade natal à espera para sugá-lo de volta, aquela sensação de predestinação para longe da qual ele sentira milagrosamente estar se elevando na primeira vez em que subira acima das nuvens. Seus colegas de faculdade insistiam muito na sua condição de irlandês, falou: ele se surpreendia correspondendo a essa expectativa, forçando o sotaque e tudo o mais, até quase se convencer de que ser irlandês era uma identidade em si. E, afinal de contas, que outra identidade ele tinha? Assustava-o um pouco a ideia de não vir de algum lugar; ele começou a se ver não como amaldiçoado, mas como abençoado, começou quase a reacalentar aquela sensação de predestinação, ou pelo menos a vê-la sob uma luz diferente. E a escrita, todo o conceito de dor transmutada, a estrutura para isso era a Irlanda, a estrutura para isso era o seu próprio passado em Tralee. Ele de repente sentiu que talvez não conseguisse lidar com o anonimato fundamental dos Estados Unidos. Com toda a franqueza, ele não era o aluno mais talentoso daquele programa, não tinha problemas em reconhecer isso, e um dos motivos, acabara decidindo, era aquele mesmo anonimato com o qual seus pares precisavam lidar e ele não. Não ter uma identidade na qual se escorar tornava você um escritor melhor, você via a vida com olhos menos atormentados. E nos Estados Unidos ele era mais irlandês do que jamais tinha sido na Irlanda.

Começou a ver Dublin como costumava vê-la na imaginação quando estava na escola, com estudiosos de bicicleta a percorrer as ruas qual cisnes negros com suas togas pretas. Será que o que vira tantos anos antes poderia ser ele próprio? Um cisne negro a deslizar pela cidade protegida, livre dentro de seus muros; não a versão americana de liberdade, grande, chapada e tão sem fronteiras quanto uma pradaria. Ele retornou cercado por um razoável halo de glória com seu cargo de professor, sua bailarina clássica e seu contrato de livro. A bailarina clássica voltou para casa seis meses depois, e o livro, uma bem recebida coletânea de contos, continua sendo seu único trabalho publicado. Ele e Nancy mantêm contato até hoje; na verdade, falaram-se pelo Facebook outro dia mesmo. Ela não dança mais balé, virou psicoterapeuta, embora para ser sincero ela própria seja um pouquinho maluca. Mora com a mãe num apartamento em Nova York, e muito embora tenha quarenta anos de idade, Ryan se admira com o fato de ela não ter mudado, de ser mais ou menos como era aos vinte e três. E ele ali, com sua esposa, seus filhos e sua casa em Dublin, um homem diferente sob todos os aspectos. Atrofiada, é assim que ele às vezes pensa nela, embora saiba que isso é cruel. Ela vive lhe perguntando se ele já escreveu outro livro, e de certa forma ele gostaria de lhe perguntar, embora é claro nunca vá fazê-lo, se ela já teve uma vida.

Quanto aos contos, ainda gosta deles, ainda os pega para ler de vez em quando. De vez em quando são reproduzidos em antologias; um tempinho atrás, seu agente vendeu os direitos para uma editora albanesa. Mas de certa forma é como olhar uma foto antiga de si próprio. Chega um ponto em que o registro precisa ser atualizado, porque você rompeu elos demais com o que era antes. Ele não sabe muito bem como isso aconteceu; tudo que sabe é que não se reconhece mais nesses contos, embora recorde a sensação explosiva de escrevê-los, algo dentro dele se adensando e fazendo uma força irresistível para nascer. Nunca mais teve essa sensação; chega a pensar que, para continuar escritor, teria de se tornar escritor novamente, quando poderia com a mesma facilidade se tornar astronauta ou fazendeiro. É como se não conseguisse se lembrar muito bem do que o conduziu às palavras inicialmente, tantos anos antes, mas ainda assim as palavras continuam sendo o seu ofício. Imagino que seja um pouco parecido com o casamento, disse ele. Você constrói toda uma estrutura durante um período de intensidade que nunca mais se repete. Ele é a base da sua fé e você às vezes duvida dele, mas nunca renuncia a ele porque uma parte demasiado grande da sua vida se apoia nesse chão. Embora a tentação possa ser extrema, acrescentou ele, ao mesmo tempo que a jovem garçonete passava deslizando pela nossa mesa. Devo ter feito uma cara de reprovação, porque ele falou:

"Minha mulher fica espiando os caras quando sai à noite com as amigas. Eu ficaria decepcionado se não o fizesse. Dê uma boa olhada, é o que eu digo. Veja o que tem por aí. E ela a mesma coisa: vá lá, pode olhar à vontade."

Lembrei-me então de uma noite em que fora a um bar alguns anos antes com um grupo de pessoas entre as quais havia um casal que eu não conhecia. A mulher não parava de identificar moças bonitas e chamar a atenção do marido para elas; sentados ali na mesa, eles ficaram debatendo os predicados das diversas moças, e não fosse o esgar de puro desespero que vislumbrei no rosto da mulher quando ela achou que ninguém estivesse olhando, eu teria acreditado ser essa uma atividade que ambos apreciavam.

Ele e a mulher tinham uma boa parceria, disse Ryan. Dividiam o trabalho com as crianças e com a casa, sua mulher não era nenhuma mártir como sua mãe havia sido. Tirava as próprias férias com as amigas, e esperava que ele cuidasse de tudo durante a sua ausência; quando eles davam liberdade um ao outro, era com o entendimento de que reivindicariam eles próprios essas mesmas liberdades. Se isso parece um pouco calculado, disse Ryan, não me preocupa nem um pouco. A administração de uma casa tem um aspecto semelhante a um negócio. É melhor todos serem honestos desde o princípio em relação àquilo de que vão precisar para conseguir permanecer nele.

Meu telefone apitou na mesa à minha frente. Era uma mensagem de texto do meu filho: *Cadê minha raquete de tênis?* Não sei você, disse Ryan, mas eu na verdade não tenho tempo de escrever, com a família e o emprego de professor. Principalmente o emprego de professor, é dar aulas que suga tudo de você. E quando tenho uma semana para mim, passo-a dando cursos extras como este aqui, por dinheiro. Se a escolha for entre pagar a hipoteca e escrever um conto que só vai ser publicado em alguma revista literária minúscula — sei que para algumas pessoas existe uma necessidade, ou é o que dizem, mas para muitos eu acho que o principal é que elas gostam dessa vida, gostam de dizer que é isso que são, escritores. Não estou dizendo que eu mesmo não goste disso, mas não é o mais importante. Para ser bem sincero, preferiria escrever um romance de ação. Ir para onde o dinheiro de verdade está — um ou dois dos meus alunos enveredaram por esse caminho, sabe, disse ele, e escreveram coisas que em alguns casos tiveram projeção. Na verdade, foi minha mulher que disse — não foi você quem lhes ensinou a fazer isso? É óbvio que ela não entende inteiramente o processo, mas de certo modo tem razão. E se tem uma coisa que eu sei é que essa escrita vem da tensão, uma tensão entre o que está dentro e o que está fora. Tensão superficial, não é essa a expressão — na verdade não é nada mau como título, hein? Ele se recostou na cadeira e olhou para a rua lá fora com uma expressão meditativa. Perguntei-me se já teria escolhido *Tensão superficial* como título do seu romance. Em todo caso, prosseguiu ele, quando relembro as condições que me fizeram escrever *A volta para casa*, percebo que nem adianta tentar voltar para esse lugar, porque eu jamais conseguiria. Jamais conseguiria reproduzir em mim mesmo aquela tensão específica: a vida mandando você numa direção, e você fazendo força em outra, como se estivesse discordando de seu próprio destino, como se quem você fosse estivesse em desacordo com quem dizem que você é. Sua alma inteira está revoltada, disse ele. Secou o copo de cerveja num só gole. Contra o que estou revoltado agora? Contra três filhos, uma hipoteca e um emprego que eu gostaria de ver um pouco menos, é contra isso que estou revoltado.

Meu telefone tornou a bipar. Era uma mensagem de texto do meu vizinho no voo da véspera. Ele estava pensando em sair no seu barco, falou, e queria saber se eu gostaria de acompanhá-lo para um mergulho. Ele poderia me pegar no meu apartamento dali a mais ou menos uma hora, e depois me deixar lá de volta. Fiquei pensando a respeito enquanto Ryan falava. O que me faz falta, disse Ryan, é a disciplina em si. De certa forma eu não ligo para o que estou escrevendo — quero apenas aquela sensação de estar outra vez em sincronia, corpo e mente, entende o que estou dizendo? Enquanto ele falava, vi a escadaria imaginária se erguendo mais uma vez na sua frente, estendendo-se a perder de vista; e ele galgando seus degraus com um livro suspenso na sua frente a instigá-lo. O perímetro de sombra havia diminuído e a luz ofuscante da rua havia avançado, de modo que agora estávamos sentados quase na interface entre as duas. A agitação do calor estava quase nas minhas costas; aproximei um pouco a cadeira da mesa. Quando você está nesse lugar cria tempo para ele, não é, disse Ryan, do mesmo jeito que as pessoas criam tempo para terem casos. Quero dizer, você nunca ouve ninguém dizer que gostaria de ter um caso mas não arrumou tempo, não é? Por mais ocupado que você seja, por mais filhos e compromissos que tenha, se houver paixão você encontra tempo. Há uns anos me deram seis meses sabáticos, seis meses inteiros só para escrever, e sabe o que aconteceu? Engordei cinco quilos e passei a maior parte do tempo passeando no parque com o bebê de carrinho. Não produzi uma página sequer. A escrita é assim: quando você abre espaço para a paixão, ela não aparece. No final, eu estava desesperado para voltar ao trabalho, só para ter uma folga de toda aquela atividade doméstica. Mas aprendi uma lição ali, isso com certeza.

Olhei para o meu relógio; voltar para o apartamento a pé levava quinze minutos, e eu tinha de ir. Pensei no que deveria levar para um passeio de barco, quanto calor ou frio iria fazer e se eu deveria levar um livro para ler. Ryan observava a garçonete se mover para dentro e para fora das sombras, orgulhosa e ereta, com as tranças dos cabelos a pender numa imobilidade perfeita. Pus minhas coisas na bolsa e avancei até a beirada do assento, o que pareceu atrair a atenção dele. Ele virou a cabeça para mim. E você, perguntou, está trabalhando em alguma coisa?

III

O apartamento pertencia a uma mulher chamada Clelia, que estava passando o verão fora de Atenas. Ficava numa rua estreita que parecia uma fenda de sombra com os prédios se erguendo de ambos os lados. Na esquina em frente à entrada do prédio de Clelia tinha um café com um toldo amplo e mesas embaixo, onde sempre havia algumas pessoas sentadas. O café tinha um vidro lateral comprido que dava para a calçada estreita, inteiramente tampado por uma fotografia de mais pessoas sentadas em mesas ao ar livre, criando assim uma ilusão de ótica bem convincente. Havia uma mulher com a cabeça jogada para trás, rindo, ao mesmo tempo que erguia a xícara de café até a boca pintada de batom, e um homem inclinado por cima da mesa na sua direção, bronzeado e bonito, com os dedos pousados de leve no seu pulso e exibindo o sorriso rasgado de alguém que acaba de dizer alguma coisa engraçada. Essa foto era a primeira coisa que se via ao sair do prédio de Clelia. As pessoas da foto eram um pouco maiores do que o natural, e sempre, por um instante, quando se saía do apartamento, pareciam assustadoramente reais. Sua visão obscurecia por um momento a noção que se tinha da realidade, de modo que por alguns perturbadores segundos você acreditava que as pessoas eram maiores, mais felizes e mais lindas que na sua lembrança.

O apartamento de Clelia ficava no último andar do prédio, e o acesso era por uma escadaria de mármore curva que passava pelas portas dos apartamentos dos outros pisos, um depois do outro. Era preciso subir três lances de escada e passar em frente a três portas antes de chegar à de Clelia. A escada no começo era mais escura e mais fresca do que a rua, mas devido às janelas nos fundos dos andares superiores, à medida que se subia ia ficando mais clara e mais quente. Em frente à porta de Clelia, logo abaixo do telhado, o calor — somado ao esforço da subida — era levemente sufocante. No entanto, havia também a sensação de se ter chegado a um lugar reservado, pois a escada de mármore terminava ali e não havia mais para onde ir. No patamar em frente à sua porta, Clelia havia posto uma grande escultura feita de madeira recolhida na praia, de formato abstrato, e a presença desse objeto — enquanto os patamares dos pisos inferiores eram inteiramente vazios — confirmava que ninguém nunca subia ali a não ser a própria Clelia ou alguém que ela conhecesse. Além da escultura, havia uma planta semelhante a um cacto num vaso de barro vermelho, e um enfeite — um amuleto feito de fios entrelaçados de um material colorido — pendia da aldraba de estanho.

Clelia pelo visto era escritora, e havia oferecido seu apartamento ao curso de verão para ser usado pelos escritores visitantes, muito embora estes fossem para ela completos desconhecidos. E de fato era evidente, em algumas características do seu apartamento, que ela considerava a escrita uma profissão digna da mais alta confiança e respeito. À direita da lareira ficava uma grande abertura pela qual se podia acessar o escritório de Clelia, um cômodo quadrado e isolado cuja grande escrivaninha de cerejeira e cadeira giratória de couro ficavam posicionadas de costas para a única janela. Esse cômodo abrigava, além de muitos livros, várias miniaturas de barcos feitas em madeira pintada, que haviam sido penduradas nas paredes. Eram muito detalhadas e extremamente bem--feitas, até os minúsculos rolos de corda e os pequeninos instrumentos de latão sobre seus conveses lixados, e os maiores tinham velas brancas dispostas em posições curvas de tamanha tensão e complexidade que de fato parecia que o vento as estava soprando. Quando se examinava mais de perto, via-se que as velas estavam presas a inúmeros cordõezinhos, tão finos que eram quase invisíveis, e eles as haviam fixado naqueles formatos. Não mais de dois passos eram necessários para passar da impressão de vento nas velas à visão da trama de finos cordões, metáfora que, eu tinha certeza, Clelia pretendera que ilustrasse a relação entre ilusão e realidade, embora ela talvez não imaginasse que o seu hóspede fosse dar um passo além, como eu dei, e estender uma das mãos para tocar o pano branco, que na verdade não era pano e sim papel, inesperadamente seco e quebradiço.

A cozinha de Clelia era funcional o bastante para transmitir o recado claro de que ela não passava muito tempo ali: um dos armários estava todo ocupado por uísques estranhos, outro por objetos relativamente inúteis ainda na caixa — um aparelho de fondue, uma chaleira em forma de peixe, uma fôrma para fazer raviólis — e um ou dois estavam inteiramente vazios. Se a gente deixasse uma só migalha sobre a bancada, colunas de formigas surgiam de todas as direções e se jogavam sobre ela como se estivessem famintas. A vista da janela da cozinha era para os fundos de outros prédios, com seus encanamentos e varais de roupas. O cômodo em si era bastante pequeno e escuro. Apesar disso, não faltava nada do que você realmente precisasse.

Na sala era possível encontrar a formidável coleção de gravações de música clássica de Clelia. Seu sistema de som consistia em diversas caixas pretas inescrutáveis cuja simplicidade e formato fino deixavam a pessoa despreparada para a enormidade do som que produziam. Clelia tinha predileção por sinfonias: na verdade, possuía a obra sinfônica completa de todos os grandes compositores. Havia um preconceito claro contra as composições que glorificassem a voz ou um instrumento solo, muito poucas peças para piano, e praticamente nenhuma ópera, com exceção de Janáček, de quem Clelia tinha uma caixa com as obras operísticas completas. Não sei bem se eu escolheria ficar sentada ouvindo uma sinfonia atrás da outra, assim como não passaria a tarde lendo a *Encyclopaedia Britannica*, e ocorreu-me que, na mente de Clelia, elas talvez representassem a mesma coisa, uma espécie de objetividade que surgia quando o foco se tornava a soma das partes humanas e o individual era apagado. Aquilo era, talvez, uma forma de disciplina, quase de ascetismo, uma exclusão provisória do eu e de suas manifestações — de toda forma, as sinfonias de Clelia predominavam, em suas fileiras apertadas. Quando se punha uma delas para tocar, o apartamento na mesma hora parecia aumentar dez vezes de tamanho até comportar um corpo orquestral inteiro, com sopros, cordas e tudo o mais.

Os quartos de dormir de Clelia, havia dois, eram surpreendentemente espartanos. Eram quartos pequenos que lembravam caixas, ambos pintados de azul-claro. Um dos quartos tinha um beliche, o outro, uma cama de casal. O beliche deixava claro que Clelia não tinha filhos, pois a sua presença, num quarto que não era de criança, parecia sugerir algo que de outra forma poderia ter sido esquecido. Em outras palavras, o beliche representava o conceito de crianças de modo genérico, não de alguma criança especificamente. No outro quarto, uma parede inteira era ocupada por um conjunto de armários espelhados dentro dos quais eu nunca olhei.

No centro do apartamento de Clelia havia um grande espaço claro, um hall, para onde convergiam as portas de todos os outros cômodos. Ali, pousada sobre um pedestal, ficava uma estátua de terracota esmaltada de uma mulher. Era grande, cerca de um metro de altura — mais até, contando o pedestal —, e exibia a mulher numa atitude de ataque, rosto erguido, braços semilevantados com as palmas e dedos abertos. Ela usava uma túnica primitiva que havia sido pintada de branco, e seu rosto era redondo e achatado. Algumas vezes ela parecia a ponto de dizer alguma coisa, noutras, parecia desesperada. Outras vezes, era como se estivesse concedendo algum tipo de bênção. Na hora do crepúsculo, sua roupa branca brilhava. Era preciso passar por ela com frequência, indo de um cômodo para o outro, mas mesmo assim era muito fácil esquecer que ela estava ali. Sua forma branca e ameaçadora, com as mãos erguidas e o rosto largo e achatado, com sua atitude que mudava tão depressa, era sempre um pouco surpreendente. Ao contrário das pessoas na janela do café lá embaixo, a mulher de terracota fazia a realidade parecer por um instante menor e mais profunda, mais reservada e mais difícil de articular.

O apartamento tinha uma grande varanda que ocupava toda a extensão da fachada do prédio. Dessa varanda, bem alto acima das calçadas, era possível ver os telhados ao redor, com seus ângulos abruptos queimados de sol, e mais além as distantes colinas cobertas de névoa e poluição dos subúrbios. Após o abismo da rua, ela dava para as janelas e varandas dos apartamentos em frente. Às vezes um rosto aparecia em uma ou outra janela. Certa vez, um homem saiu para sua varanda e jogou alguma coisa lá embaixo. Uma moça apareceu atrás dele e olhou por cima do guarda-corpo para o que ele havia jogado. A varanda de Clelia era reservada e verde, cheia de grandes plantas emaranhadas dentro de urnas de terracota e enfeitada com pequenas lamparinas de vidro: no meio havia uma mesa comprida e muitas cadeiras, nas quais era possível imaginar os amigos e colegas de Clelia sentados nas noites quentes e escuras. Era coberta por uma imensa trepadeira na qual, sentada à mesa certo dia de manhã, reparei que havia um ninho. Estava construído numa forquilha entre os caules duros e nodosos. Sobre ele estava sentado um pássaro, uma pomba cinza-clara; sempre que eu olhava, fosse dia ou noite, lá estava ela. Sua pequena cabeça clara, com os olhos negros feito duas contas, movia-se como se ela estivesse agitada, e no entanto ela mantinha sua vigília, hora após hora. Certa vez escutei um farfalhar bem alto lá em cima, e quando ergui os olhos vi que ela estava se levantando. Enfiou a cabeça por entre o toldo de folhas e olhou para os telhados em volta. Então, com um estalo das asas, levantou voo. Observei-a sobrevoar a rua, e então, após traçar um círculo, pousar no telhado em frente. Passou um tempinho ali, arrulhando, e então a vi se virar e olhar para o lugar do qual tinha saído. Após olhar para lá, ela tornou a abrir as asas e voou de volta, e com outro farfalhar alto e batidas de asas lá em cima, tornou a ocupar seu lugar.

Percorri o apartamento, olhando o que havia. Abri alguns armários e gavetas. Estava tudo muito arrumado. Não havia confusão nem segredos: as coisas estavam inteiras e em seus lugares corretos. Havia uma gaveta para canetas e material de escritório, outra para equipamentos de computador, uma gaveta para mapas e guias, um arquivo com papéis em divisórias bem-arrumadas. Havia uma gaveta de primeiros-socorros e outra para fita adesiva e cola. Havia um armário para produtos de limpeza e outro para ferramentas. As gavetas na cômoda oriental antiga da sala estavam vazias e cheiravam a poeira. Continuei procurando mais alguma coisa, uma pista, algo apodrecendo ou fermentando, uma camada de mistério, caos ou vergonha, mas não encontrei. Entrei no escritório e toquei as velas quebradiças.

IV

Meu vizinho do avião era uns bons trinta centímetros mais baixo que eu e tinha o dobro da minha largura; como eu o conhecera sentado, era difícil conciliar essas dimensões com a sua pessoa. O que me fez reconhecê-lo foi o extraordinário nariz aquilino e a testa proeminente a se projetar logo acima, que lhe davam o aspecto levemente intrigante de uma ave marinha coroada pelo seu chumaço de cabelos grisalhos quase brancos. Mesmo assim, levei alguns instantes para reconhecê--lo, em pé na sombra de um vão de porta do prédio em frente ao meu, usando uma bermuda cáqui na altura dos joelhos e uma camisa quadriculada vermelha impecavelmente passada a ferro. Havia diversos pontos dourados espalhados pela sua pessoa, um gordo anel de sinete no dedo mindinho, um relógio de ouro tipo cebolão, óculos pendurados no pescoço por uma corrente dourada, e até mesmo um brilho de ouro quando ele sorriu, tudo perceptível de imediato, mas apesar disso eu não havia reparado em nenhum deles durante nossa conversa no avião na véspera. Esse encontro fora de certa forma imaterial: acima do mundo, os objetos não tinham tanta importância, as diferenças eram menos aparentes. A realidade material do meu vizinho, que lá em cima parecera tão leve, ali embaixo se concretizava, e o resultado era que ele parecia mais desconhecido ainda, como se o contexto fosse também uma espécie de prisão.

Tive certeza de que ele me viu antes que eu o visse, mas esperou até eu acenar para me acenar de volta. Parecia nervoso.

Não parava de olhar para um lado e outro da rua, onde um vendedor de frutas dava gritos guturais ao lado de uma carrocinha repleta de pêssegos, morangos e fatias de melão que pareciam sorrir no calor. Seu rosto assumiu uma expressão de surpresa satisfeita quando atravessei a rua na sua direção. Ele me beijou no rosto de maneira um pouco seca e desajeitada.

"Dormiu bem?", perguntou ele.

Estava quase na hora do almoço e eu havia passado a manhã inteira na rua, mas ficou patente que ele desejava criar uma esfera de intimidade na qual nosso conhecimento um do outro era ininterrupto, e na qual nada me acontecera desde que havíamos nos despedido na fila de táxis do aeroporto na noite anterior. Na verdade, eu tinha dormido muito pouco no pequeno quarto azul. Havia um quadro pendurado na parede em frente à cama, de um homem de chapéu de feltro jogando a cabeça para trás e rindo. Quando você olhava, via que ele não tinha rosto, apenas um oval liso com o buraco risonho da boca no meio. Fiquei esperando seus olhos e nariz se tornarem visíveis à medida que o quarto clareava, mas isso nunca aconteceu.

Meu vizinho disse que o seu carro estava estacionado logo depois da esquina, e após uma hesitação tocou a base das minhas costas com a mão para me guiar na direção certa. Suas mãos eram muito grandes e um pouco parecidas com garras, além de serem cobertas por pelos brancos. Ele estava preocupado que eu não fosse gostar muito do seu carro, falou. Ocorrera-lhe que eu talvez fosse ter imaginado algo bem mais luxuoso, e ele estava constrangido, se a situação fosse essa; no entanto, ele próprio não ligava muito para carros. E para andar por Atenas havia constatado que aquilo era tudo de que precisava. Mas nunca se podia saber o que os outros esperavam, falou; estava torcendo para eu não ficar decepcionada, só isso. Chegamos ao carro, que era pequeno, limpo e sem nenhuma outra característica marcante, e entramos. O barco, disse ele, estava atracado depois de um trajeto de quarenta minutos pelo litoral. Ele antes o deixava numa marina bem mais perto da cidade, mas o aluguel era muito caro, então uns dois anos antes decidira transferi-lo. Perguntei-lhe onde ficava sua casa em relação ao centro, e ele fez um gesto vago com a mão em direção à janela e disse que ficava a meia hora mais ou menos naquela direção.

Tínhamos entrado na larga avenida de seis pistas ao longo da qual o tráfego não parava de rugir pela cidade, onde o calor e o barulho eram extremos. As janelas do carro estavam bem abertas, e meu vizinho dirigia com uma das mãos no volante e a outra apoiada no peitoril da janela, fazendo a manga da sua camisa esvoaçar intensamente com o vento. Era um motorista errático, que vivia se jogando de uma faixa para a outra, virava a cabeça quando falava e perdia de vista o caminho, de modo que sinais vermelhos e traseiras de outros veículos se aproximavam depressa do para-brisa antes que ele notasse. Fiquei com medo e parei de falar, e pus-me a observar os terrenos poeirentos e canteiros de grama que a essa altura já tinham substituído os grandes prédios reluzentes do centro. Passamos por um cruzamento num arco de concreto em meio a uma profusão de buzinas e barulhos de motos, com o sol a socar o para-brisa e o cheiro de gasolina, asfalto e esgoto se derramando pelas janelas abertas, e passamos algum tempo avançando ao lado de um homem montado numa scooter com um menino de cinco ou seis anos sentado na garupa. O menino segurava o homem pela cintura com os dois braços. Parecia muito pequeno e desprotegido, com os carros, cercas de metal e imensos caminhões abarrotados de quinquilharias que passavam zunindo a poucos centímetros de sua pele. Usava apenas um short e uma camiseta sem mangas, e nos pés calçava chinelos de dedo, e pela janela olhei para suas pernas frágeis, seus braços morenos desprotegidos e para os cabelos castanhos e macios que esvoaçavam ao vento. A estrada então fez uma curva e começou a descer, e o mar surgiu, azul e resplandecente, após uma extensão marrom coalhada de construções baixas abandonadas, estradas inacabadas e os esqueletos de casas que nunca haviam sido concluídas, onde árvores magrelas agora cresciam pelas janelas sem vidraça.

Fui casado três vezes, disse meu vizinho, enquanto o pequeno carro descia zunindo a encosta em direção à água reluzente. Disse saber que na conversa da véspera havia reconhecido apenas duas, mas fora até ali naquele dia jurando dizer a verdade. Houve três casamentos e três divórcios. Sou um desastre completo, falou. Eu estava pensando em como responder quando ele disse que outra coisa que precisava mencionar era o filho, que atualmente estava morando na casa da família na ilha e não andava muito bem. Encontrava-se num estado de ansiedade extrema, e passara a manhã inteira ligando para o pai. Essas ligações sem dúvida iriam continuar pelas próximas horas, e embora ele não quisesse atendê-las, seria naturalmente obrigado a fazê-lo. Perguntei o que havia de errado com seu filho, e seu rosto de ave ficou sério. Eu conhecia o distúrbio chamado esquizofrenia? Bem, era disso que o seu filho padecia. Desenvolvera o distúrbio na casa dos vinte anos após sair da faculdade, e fora hospitalizado várias vezes ao longo da última década, mas por diversos motivos complicados demais para explicar encontrava-se atualmente sob os cuidados do pai. Meu vizinho avaliara que ele estava seguro o suficiente na ilha, contanto que não tivesse acesso a nenhum dinheiro. As pessoas lá eram solidárias, e ainda nutriam estima suficiente pela família para tolerar pequenas dificuldades, das quais já houvera muitas. Poucos dias antes, contudo, ocorrera um episódio mais grave, em consequência do qual meu vizinho tivera de pedir ao rapaz que contratara como acompanhante do seu filho para mantê-lo, por assim dizer, em prisão domiciliar.

O filho não suportava estar encarcerado, daí os telefonemas constantes, e quando não era o filho ligando, era o acompanhante, que sentia que o emprego estava extrapolando os termos de seu contrato e queria renegociar o salário.

Perguntei se aquele era o mesmo filho que sua segunda mulher havia trancado no porão, e ele respondeu que sim. Ele antes era um menino encantador, mas depois tinha ido para a universidade, na Inglaterra aliás, e lá desenvolvera um certo vício em drogas. Deixara a faculdade sem concluir o curso e voltara sem rumo na vida para a Grécia, onde haviam sido feitas várias tentativas de lhe arrumar um emprego. Ele morava com a mãe na grande propriedade nos arredores de Atenas, onde ela vivia com o marido instrutor de esqui, e meu vizinho não duvidava que ela o houvesse considerado um estorvo e um empecilho à sua liberdade, uma vez que o comportamento do rapaz piorava a cada dia; mesmo assim, sua primeira atitude, mandar interná-lo sem primeiro conversar com o pai, fora um tanto exagerada. O rapaz recebera uma medicação que o havia deixado tão gordo e inerte que ele de fato tinha se tornado um vegetal; e a mãe fora embora de Atenas com o marido para iniciar sua costumeira temporada de inverno nos Alpes. Isso já fazia muitos anos, claro, mas a situação permanecia fundamentalmente a mesma. A mãe do rapaz não queria mais ter nenhum envolvimento com o filho; se o pai decidisse tirá-lo do hospital e deixá-lo viver no mundo exterior, a responsabilidade era sua.

Eu disse que me espantava o fato de a sua primeira mulher, que meu vizinho parecera idealizar um pouco durante nossa conversa anterior, se comportar com tamanha frieza. Isso não parecia condizer com a impressão que eu havia formado sobre o caráter dela. Ele pensou a respeito, então disse que ela não era assim na época do seu casamento; tinha mudado, se tornado uma pessoa diferente da que ele conhecia. Quando ele

51

falava dela com carinho, era à versão anterior que estava se referindo. Falei que não acreditava que as pessoas fossem capazes de mudar de modo tão completo, de desenvolver uma moral irreconhecível; essa parte delas estava apenas adormecida, à espera de ser despertada pelas circunstâncias. Disse que na minha opinião a maioria de nós não sabia o quanto éramos bons ou maus, e que a maioria de nós nunca seria analisada o bastante para descobrir. Mas devia ter havido ocasiões em que ele vislumbrara — ainda que apenas de modo passageiro — aquilo que ela iria se tornar. Não, disse ele, não achava que tivesse havido ocasiões assim: ela sempre fora uma excelente mãe, dedicada acima de tudo aos filhos. Sua filha fora muito bem-sucedida, e havia ganhado uma bolsa para estudar em Harvard; depois de formada, fora fisgada por uma empresa de software multinacional e estava agora no Vale do Silício, lugar do qual eu certamente devia ter ouvido falar. Eu disse que tinha, sim, embora sempre houvesse achado aquele um lugar difícil de imaginar; nunca conseguia estabelecer até que ponto era conceitual, e até que ponto um lugar de verdade. Perguntei se ele já tinha ido visitá-la; ele confessou que não. Nunca havia estado naquela parte do mundo e, além do mais, ficaria preocupado em deixar o filho pelo tempo que uma viagem dessas exigiria. Mas era verdade que não via a filha fazia muitos anos, uma vez que ela não voltara à Grécia. Parece que o sucesso leva você para longe daquilo que conhece, disse ele, enquanto o fracasso o condena a isso. Perguntei se a filha tinha filhos, e ele respondeu que não. Tinha uma parceria — era assim que se dizia? — com outra mulher, e tirando isso o trabalho era tudo para ela.

Ele supunha, falou, pensando bem, que sua mulher fosse uma espécie de perfeccionista. Afinal de contas, bastara uma discussão para pôr fim ao casamento; se houvera um sinal daquilo em que ela iria se transformar, talvez fosse o fato de ser incapaz de tolerar o fracasso. Após sua separação, disse ele, arrumara imediatamente um namorado muito rico e famoso, um dono de navio parente de Onassis; esse homem era de fato dono de uma fortuna fabulosa, e bonito, e também amigo do pai dela, e meu vizinho jamais conseguira descobrir por que o namoro havia terminado, pois tinha a impressão de que esse homem era tudo que ela sempre quisera. De certa forma, isso o ajudara a entender o fracasso do seu casamento, o fato de ela ter escolhido esse bilionário bonitão; contra um adversário desses, conseguia aceitar a própria derrota. Kurt, por sua vez, o instrutor de esqui, era incompreensível, um homem sem charme nem dinheiro, um homem que só ganhava a vida alguns meses por ano, quando havia neve nas montanhas; um homem, além do mais, de crenças e práticas religiosas fanáticas, às quais aparentemente insistia para que a sua mulher e os filhos dela — enquanto ainda vivessem na casa — se curvassem. As crianças lhe contavam histórias sobre rezas e silêncios obrigatórios, sobre serem obrigadas a se sentar à mesa — durante horas, se preciso fosse — até terem terminado cada pedacinho de comida no prato, de terem de chamá-lo de "pai" e serem proibidas de ver televisão e se divertir aos domingos. Meu vizinho certa vez cometera a temeridade de lhe perguntar o que ela via em Kurt, e ela havia respondido: ele é o exato oposto de você.

Nós agora já estávamos avançando em paralelo ao mar, passando por praias de aspecto meio sujo onde famílias faziam piqueniques e nadavam, por lojas de beira de estrada que vendiam guarda-sóis, máscaras de snorkel e roupas de banho. Meu vizinho disse que estávamos quase lá; torcia para que eu não tivesse achado a viagem longa demais. Ele deveria esclarecer, falou, caso eu estivesse esperando algo luxuoso, que o seu barco era bem pequeno. Era seu havia vinte e cinco anos e firme como um rochedo na tormenta, mas era de proporções modestas. Tinha uma pequena cabine onde uma pessoa podia pernoitar confortavelmente, "ou duas", disse ele, "se estiverem muito apaixonadas". Ele próprio muitas vezes passava a noite lá, e em determinadas épocas do ano navegava com o barco até a ilha, uma viagem de três ou quatro dias. Em certo sentido, ali era a sua ermida, seu lugar de solidão; ele podia navegar com o motor apenas até se afastar da costa, ancorar o barco, e ficar completamente sozinho.

Por fim, avistamos a marina, e meu vizinho saiu da estrada e estacionou o carro junto a um cais flutuante de madeira no qual uma fila de embarcações estavam amarradas. Pediu-me que esperasse ali enquanto ia comprar alguns mantimentos. Além disso, falou, o barco não tinha banheiro, de modo que eu ficasse à vontade antes de partirmos. Observei-o subir a pé de volta em direção à estrada, então me sentei num banco ao sol para esperar. Os barcos se moviam para lá e para cá na água brilhante. Depois deles eu podia ver o contorno nítido e recortado da costa, e de vários rochedos e ilhotas situados mais para dentro do mar, espalhados por toda a baía. Ali estava mais fresco do que na cidade. A brisa produzia um ruído seco de algo se arrastando na vegetação que formava tufos emaranhados entre o mar e a estrada. Olhei para as embarcações e pensei qual delas pertenceria ao meu vizinho. Todas pareciam mais ou menos semelhantes. Havia pessoas por perto, a maioria homens da idade do meu vizinho, subindo e descendo o atracadouro calçados com *dock siders* ou então fazendo reparos em suas embarcações, peitos grisalhos desnudos sob o sol. Alguns deles me encararam, boquiabertos, com os grandes braços musculosos pendurados junto ao corpo. Peguei meu celular e digitei o número da empresa de hipoteca na Inglaterra, que estava avaliando a proposta de aumento no valor do empréstimo que eu havia feito pouco antes de viajar para Atenas. A mulher que estava avaliando a proposta chamava-se Lydia.

Tinha me dito para lhe telefonar nesse dia, mas toda vez que eu tentava caía na sua caixa postal. A mensagem dizia que ela estaria de férias até uma data que já tinha passado, o que dava a impressão de que não escutava com frequência suas mensagens de voz. Sentada ali no banco, escutei de novo a mensagem, mas dessa vez — talvez por não ter mais nada para fazer — deixei um recado dizendo que estava ligando conforme o combinado e lhe pedindo para responder à ligação. Depois dessa providência aparentemente inútil, olhei em volta e vi que meu vizinho estava voltando com uma sacola de compras na mão. Ele me pediu para segurá-la enquanto aprontava o barco, e então atravessou o cais flutuante, ajoelhou-se e tirou de dentro da água um pedaço de corda encharcado com o qual começou a puxar na sua direção o barco preso à outra ponta. O barco era branco, revestido de madeira e com um toldo azul vivo. Na frente havia um grande leme de couro preto, e na parte de trás um banco estofado. Quando o barco chegou perto o suficiente, meu vizinho pulou a bordo pesadamente e estendeu a mão para a sacola. Passou algum tempo ocupado guardando as coisas, em seguida estendeu a mão outra vez para me ajudar a embarcar. Espantei-me ao constatar que não havia realizado a manobra com muita firmeza. Sentei-me no banco enquanto ele retirava as capas protetoras do leme, baixava o motor para dentro da água e amarrava e desamarrava diversas cordas, então se postava em frente ao leme e ligava o motor, que produziu um gorgolejo aguado, e começamos a recuar devagar para longe da marina.

Passaríamos um tempo navegando, disse meu vizinho, mais alto do que o barulho do motor, e quando chegássemos a um lugar agradável que ele conhecia pararíamos para mergulhar. Ele havia tirado a camisa, e suas costas nuas estavam na minha frente enquanto ele guiava. Eram umas costas muito largas e carnudas, com a pele grossa por causa do sol e da idade, e marcadas por várias verrugas, cicatrizes e tufos de pelos cinzentos e ásperos. Ao olhar para elas, senti-me tomada por uma tristeza que era em parte perplexidade, como se as costas dele fossem um país estrangeiro no qual eu estivesse perdida; ou melhor, perdida não, exilada, uma vez que a sensação de estar perdida não vinha acompanhada pela esperança de em algum momento encontrar algo que eu reconhecesse. Suas costas envelhecidas pareciam nos isolar ambos em nossas histórias distintas e imutáveis. Ocorreu-me que algumas pessoas poderiam me considerar desmiolada por sair de barco sozinha com um homem que não conhecia. Mas o que os outros pensavam não tinha mais nenhuma serventia para mim. Esses pensamentos existiam apenas dentro de determinadas estruturas, e eu definitivamente havia abandonado essas estruturas.

Estávamos agora em mar aberto, e meu vizinho mudou a marcha do barco, o que o fez de repente saltar para a frente com tanta força que, sem ele perceber, eu quase caí pela amurada traseira. O ruído estrondoso do motor dispersou na mesma hora qualquer outra visão ou som. Agarrei a amurada que corria por uma das laterais e fiquei me segurando ali enquanto atravessávamos rugindo a baía, e a frente do barco subia e tornava a descer até a água com um baque repetidas vezes, e um grande rastro de espuma se abria num leque para todo lado. Fiquei com raiva por ele não ter me avisado sobre o que estava prestes a acontecer. Não conseguia me mexer nem falar; tudo que consegui fazer foi ficar me segurando, com os cabelos arrepiados e o rosto cada vez mais duro por causa da pressão do vento. O barco subia e batia, e a visão de suas costas nuas ao volante foi me deixando cada vez com mais raiva. Havia uma certa afetação na postura de seus ombros; aquilo era então uma performance, um ato de exibicionismo. Ele não olhou para mim nem sequer uma vez, pois os momentos em que as pessoas estão demonstrando o próprio poder sobre as outras são aqueles em que têm menos consciência delas. Perguntei-me o que teria sentido caso houvesse chegado ao seu destino e descoberto que eu não estava mais ali; imaginei-o explicando esse seu último ato de descuido para a mulher seguinte que encontrasse num avião. Ela não parou de insistir comigo para sair de barco, diria ele, mas no fim das contas não sabia absolutamente nada sobre andar de barco. Para ser bem sincero, diria ele, foi um desastre completo: ela caiu no mar, e eu agora estou muito triste.

Por fim, o barulho do motor se dissipou; o barco diminuiu a velocidade e seguiu resfolegando até uma ilhota rochosa que despontava íngreme da superfície do mar. O telefone do meu vizinho tocou, e ele encarou a tela com um ar intrigado antes de atender. Começou a falar em grego com uma voz melíflua enquanto andava para lá e para cá pelo pequeno convés e de vez em quando verificava o leme com um dedo. Vi que estávamos nos aproximando de uma pequena e límpida enseada com muitas aves marinhas pousadas nos promontórios rochosos, e onde a água cintilante batia e recuava numa minúscula meia-lua de areia. A ilha era pequena demais para ter qualquer coisa humana: era intocada e deserta, com exceção das aves. Esperei a conversa do meu vizinho ser concluída, o que levou um tempo considerável. Por fim, contudo, ele desligou. Era alguém com quem eu não falava há anos, disse ele — na verdade, fiquei muito surpreso com a ligação dela. Ele passou um tempo calado, com o dedo no leme e o semblante grave. Ela acabou de saber da morte do meu irmão e estava ligando para dar os pêsames. Perguntei quando o irmão dele tinha morrido. Ah, há uns quatro, cinco anos, disse ele. Mas ela mora nos Estados Unidos, e faz muito tempo que não vem à Grécia. Agora está aqui em visita, então acaba de saber a notícia. O telefone dele tornou a tocar quase no mesmo instante, e mais uma vez ele atendeu. Outra conversa em grego, essa também demorada, mas um pouco mais profissional. Trabalho, explicou ele ao concluí-la, fazendo com a mão um gesto de quem descarta o assunto.

O barco ficou flutuando até parar na água calma. Ele foi até a parte de trás e abriu um compartimento dentro do qual havia uma pequena âncora, e jogou-a no mar por cima da amurada. Aqui é um bom lugar para mergulhar, falou, se você quiser. Observei a âncora afundar pela água transparente. Uma vez o barco preso, meu vizinho foi até a popa e mergulhou pesadamente pela lateral. Depois que ele pulou, enrolei-me numa toalha e desajeitadamente vesti minha roupa de banho. Então também pulei e nadei na direção oposta até chegar junto da ilha, de modo a poder ver o mar aberto mais além. Do outro lado, a margem distante era uma linha cheia de pequenas formas e personagens a se balançar. No meio tempo, outro barco havia chegado e estava ancorado não muito longe do nosso, e eu podia ver as pessoas sentadas no convés e ouvi-las conversando e rindo. Era um grupo familiar, com várias crianças em trajes de banho de cores vivas pulando e subindo da água, e de vez em quando o barulho de um bebê chorando ecoava debilmente pela enseada. Meu vizinho havia tornado a subir no barco e estava em pé a bordo, protegendo os olhos com a mão, observando meu progresso. Foi bom nadar depois da tensão de ficar sentada sem me mexer, do calor de Atenas e da convivência com desconhecidos. A água era muito transparente, calma e fresca, e o contorno do litoral, muito suave e antigo, com a pequena ilha ali perto que não parecia pertencer a ninguém. Tive a sensação de que poderia nadar quilômetros, até o alto-mar; um desejo de liberdade, um impulso de me mover me puxava como se fosse um fio amarrado no meu peito. Era um impulso que eu conhecia bem, e havia aprendido que não era o chamado de um mundo maior, como eu antes acreditava que fosse. Era simplesmente um desejo de escapar do que eu tinha. O fio não conduzia a lugar nenhum exceto a vastidões de anonimato que não paravam de crescer. Eu podia nadar mar adentro até onde quisesse, se o meu desejo fosse me afogar. No entanto, esse impulso, esse desejo de ser livre, continuava a me atrair; de alguma forma eu ainda acreditava nele, apesar de ter provado que tudo nele era ilusório. Quando voltei para o barco, meu vizinho disse que não gostava quando as pessoas nadavam até tão longe: isso o deixava nervoso; lanchas podiam surgir do nada, sem aviso, e colisões desse tipo não eram tão raras assim.

Ele me ofereceu uma Coca do cooler que tinha no convés, e em seguida me estendeu uma caixa de lenços de papel da qual ele próprio tirou um bolo grande. Assoou o nariz de modo completo e demorado enquanto ambos observávamos a família no barco vizinho. Dois meninos e uma menina pequenos brincavam, dando gritinhos ao pular pela amurada e depois subindo um após o outro pela escada, com os corpos molhados reluzentes. Uma mulher lia um livro no convés usando um chapéu de aba larga, e ao seu lado, debaixo da sombra do toldo, havia um berço de bebê. Um homem de bermuda comprida e óculos de sol andava para lá e para cá pelo convés falando ao telefone. Eu disse que hoje em dia achava as aparências mais incompreensíveis e angustiantes do que em qualquer outro momento anterior da minha vida. Era como se eu houvesse perdido alguma capacidade especial de filtrar minhas próprias percepções, capacidade que só percebera depois de ela não estar mais ali, como uma vidraça faltando numa janela pela qual o vento e a chuva entram livremente. De modo bem parecido, sentia-me exposta ao que via, constrangida. Pensava com frequência no capítulo de *O morro dos ventos uivantes* no qual Heathcliff e Cathy espiam do jardim escuro pelas janelas da sala dos Linton e veem a bem iluminada cena familiar lá dentro. O que essa visão tem de fatal é a sua subjetividade:

ao olhar pela janela, os dois veem coisas diferentes, Heath-cliff aquilo que teme e odeia, e Cathy aquilo que deseja e de que se sente privada. Mas nenhum deles consegue ver as coisas como realmente são. Da mesma forma, eu estava começando a ver meus próprios medos e desejos manifestados fora de mim mesma, estava começando a ver na vida dos outros um comentário sobre a minha própria vida. Ao olhar para a família no barco, via uma imagem daquilo que eu não tinha mais: em outras palavras, via algo que não estava ali. Aquelas pessoas estavam vivendo no seu presente, e embora eu pudesse ver isso, não podia retornar àquele momento, da mesma forma que não podia andar por cima da água que nos separava. E dessas duas formas de vida — viver no presente e viver fora dele —, qual era a mais real?

As aparências eram muito valorizadas na sua família, disse o meu vizinho, mas ele havia aprendido — de modo talvez fatal — a vê-las como um mecanismo de engodo e disfarce. E era nos relacionamentos mais próximos que o engodo precisava ser mais importante, por motivos óbvios. Por exemplo, ele sabia que muitos homens com a sua experiência — seus tios e pessoas do mesmo círculo social que eles — tinham uma série de amantes ao mesmo tempo que permaneciam a vida inteira casados com a mesma mulher. Só que jamais lhe ocorrera que seu pai tivesse sustentado da mesma forma o casamento com sua mãe. Imaginava o pai e a mãe como unitários, enquanto sabia, por exemplo, que seu tio Theo era um enganador, embora cada vez mais se perguntasse se essa distinção de fato existira; se, em outras palavras, ele passara toda a vida adulta tentando seguir um modelo de casamento que na verdade tinha sido uma ilusão.

Havia um hotel em que Theo gostava de se hospedar, não muito longe do colégio interno do meu vizinho, e seu tio muitas vezes aparecia e o levava para tomar chá, sempre acompanhado por uma "amiga" diferente. Essas amigas eram tão perfumadas e lindas quanto sua tia Irini era escura e atarracada; sua tia tinha várias verrugas no rosto das quais brotavam pelos pretos e grossos de espessura e comprimento extraordinários, e meu vizinho passara a vida inteira fascinado por essa característica, que para ele continuava real, embora Irini houvesse morrido trinta anos antes, e simbolizava a natureza duradoura da repulsa, enquanto a beleza era vista uma vez e depois nunca mais. Quando Irini morreu, aos oitenta e quatro anos de idade e após sessenta e três de casamento, tio Theo se recusou a permitir que ela fosse enterrada, e em vez disso mandou encerrá-la num caixão de vidro e guardá-lo na catacumba de uma capela grega em Enfield, onde a visitou todos os dias dos seis meses que lhe restavam. Meu vizinho nunca havia encontrado Theo e Irini sem testemunhar cenas da mais extraordinária violência: até mesmo um telefonema para casa em geral incluía uma discussão, na qual um deles pegava a extensão para insultar o outro enquanto a pessoa que havia ligado bancava o juiz. Seus pais, embora intensamente belicosos, jamais haviam sequer se aproximado do nível de Theo e da mulher — a deles era uma guerra mais fria, embora talvez mais amarga. Seu pai foi o primeiro a morrer, em Londres, e o corpo foi guardado na mesma catacumba onde ficara o de Irini, pois sua mãe havia cismado de mandar construir um mausoléu de família na ilha, empreitada tão grandiosa que sofrera um grande atraso e não estava pronta para recebê-lo quando ele morreu. Ela tivera essa ideia assim que seu pai adoecera, e o último ano de vida dele foi gasto recebendo boletins quase diários sobre o progresso do mausoléu que estava sendo construído para abrigá-lo. Esse método de tortura singular poderia ter parecido o último golpe da sua discussão de uma vida inteira, mas na verdade, quando chegara a vez de a sua mãe morrer — exatamente um ano depois do pai, como ele acreditava já ter me contado —, o mausoléu ainda não estava pronto. Ela foi se juntar ao marido na catacumba em Enfield, e somente meses depois os dois corpos foram transportados juntos de avião de volta para a ilha em que ambos haviam nascido. Coubera ao meu vizinho supervisionar o sepultamento, bem como a exumação de outros membros da família — seus avós de ambos os lados, vários tios e tias — de seus túmulos no cemitério e sua transferência para o imenso mausoléu novo. Ele pegou o avião de volta, com os corpos dos pais no compartimento de carga, e passou o dia mergulhado junto com os coveiros na horripilante tarefa de transportar e organizar os diversos caixões. Ficara particularmente abalado ao presenciar o retorno à superfície da terra do avô, pai de sua mãe, que tinha sido um homem muito mau e a causa — até o fim dos dias do casal — de muitas das discussões de seus pais, pelo poder que, mesmo na lembrança, continuava a exercer sobre a filha. No final da tarde, seus pais foram os últimos a serem baixados para a imensa estrutura de mármore. Meu vizinho estava com um táxi à espera para levá-lo de volta ao aeroporto, e pegaria um voo para Londres no mesmo dia. No meio do trajeto, porém, sentado dentro do táxi, algo terrível lhe ocorreu. Com toda a reorganização das ossadas da família, de algum modo havia deixado de posicionar os pais lado a lado; pior ainda, recordou distintamente, ali no banco de trás do táxi, era o caixão do avô que repousava entre os dois. Na mesma hora, mandou o taxista dar meia-volta e levá-lo novamente ao cemitério. Quando estavam chegando, disse ao homem que ele teria de ajudá-lo, pois já era quase noite e todos os outros já deviam ter ido para casa. O taxista aceitou, mas assim que os dois entraram pelos portões do cemitério no escuro, ficou com medo e fugiu, deixando meu vizinho sozinho. Ele não se lembrava exatamente de como conseguira abrir o mausoléu sozinho, disse meu vizinho; ainda era um homem bastante jovem, mas mesmo assim naquele momento devia ter sido imbuído de uma força sobre-humana. Subiu na borda e desceu para dentro do jazigo, e lá, dito e feito, viu os caixões do pai e da mãe com o avô entre eles. Não foi tão difícil assim fazê-los deslizar para os lugares certos, mas uma vez isso feito ele percebeu que, devido à inclinação e à profundidade do túmulo, seria impossível sair. Chamou e gritou, mas não teve sucesso; pulou e arranhou as paredes lisas da sepultura para tentar encontrar um apoio.

Mas imagino que eu deva ter dado um jeito de sair, disse ele, pois com certeza não passei a noite inteira lá dentro, embora tenha pensado que fosse ter de passar. Talvez o taxista no fim das contas tenha voltado — eu não me lembro. Ele sorriu, e durante algum tempo ficamos os dois observando a família no outro barco, do outro lado da água cintilante. Falei que, quando meus filhos tinham a mesma idade daqueles meninos saltitantes, eram tão grudados que teria sido difícil desenredar suas duas naturezas distintas. Costumavam brincar juntos sem parar desde o instante em que abriam os olhos de manhã até aquele em que tornavam a fechá-los. Suas brincadeiras eram uma espécie de transe compartilhado no qual eles criavam mundos imaginários inteiros, e viviam entretidos em jogos e projetos cujo planejamento e execução eram tão reais para eles quanto invisíveis para todos os outros: às vezes eu mudava de lugar ou jogava fora algum item aparentemente sem importância, e eles vinham me dizer que aquilo era um objeto sagrado no faz de conta em andamento, uma narrativa que parecia correr feito um rio mágico pela nossa casa, inexaurível, e da qual eles podiam sair e reingressar sempre que quisessem, cruzando esse limiar que ninguém mais conseguia ver até adentrar um outro elemento. Então, um belo dia, o rio secou: seu mundo imaginário compartilhado deixou de existir, e o motivo foi que um deles — nem sequer me lembro qual — deixou de acreditar na sua existência. Em outras palavras, não foi culpa de ninguém; mesmo assim, porém, compreendi o quanto de belo em suas vidas era resultado de uma visão comum de coisas que, a rigor, não se podia dizer que existissem.

Imagino que essa seja uma das definições do amor, falei, a crença em algo que só vocês dois conseguem ver, e nesse caso ela se revelou uma base instável para a vida. Sem sua história compartilhada, os dois meninos começaram a brigar, e enquanto a sua brincadeira os havia afastado do mundo, às vezes os tornando inacessíveis durante horas a fio, suas discussões os traziam constantemente de volta para ele. Eles recorriam a mim, ou então ao pai, em busca de intervenção e justiça. Começaram a dar maior importância aos fatos, ao que tinha sido feito e dito, e a montar uma argumentação a seu favor e contra o outro. Era difícil não ver essa transposição do amor para os fatos como um espelho de outras coisas que estavam acontecendo em nossa casa na época, falei. O mais impressionante foi o potencial absolutamente negativo de sua antiga intimidade: era como se tudo que antes era interno houvesse sido trazido para o lado de fora, pedacinho por pedacinho, feito peças de mobília retiradas de uma casa e postas na calçada. Parecia haver muita coisa, pois o que antes era invisível estava agora visível; o que antes fora útil era agora obsoleto. Seu antagonismo tinha a medida exata da sua antiga harmonia, mas enquanto a harmonia havia sido atemporal, sem peso, o antagonismo ocupava espaço e tempo. O intangível se tornava sólido, o visionário ganhava corpo, o privado virava público; quando a paz se torna guerra, quando o amor vira ódio, algo nasce para o mundo, uma força de pura mortalidade. Se o amor é aquilo que nos torna imortais, como dizem, o ódio é o contrário. E o mais impressionante é quantos detalhes ele atrai para si, de modo que nada permanece intocado. Eles estavam lutando para se libertar um do outro, mas apesar disso a última coisa que conseguiam fazer era deixar o outro em paz. Brigavam por tudo, disputavam a posse dos objetos mais insignificantes, ficavam enfurecidos com as mais ínfimas nuances do discurso, e quando finalmente ficavam enlouquecidos pelos detalhes partiam para a violência física, batiam um no outro e se arranhavam; o que naturalmente os levava de volta à loucura dos detalhes outra vez, pois a violência física acarreta os demorados processos da justiça e da lei. A história de quem tinha feito o que com quem precisava ser contada, e as questões da culpa e da punição precisavam ser estabelecidas, embora isso tampouco jamais os deixasse satisfeitos; na verdade piorava mais ainda as coisas, pois parecia prometer uma solução que nunca chegava. Quanto mais os pormenores eram especificados, maior e mais real se tornava a sua briga. Cada um deles desejava mais do que tudo ser declarado certo, e o outro errado, mas era impossível atribuir a culpa de modo completo a qualquer um deles. E acabei me dando conta, falei, de que aquilo jamais poderia ser resolvido, não enquanto o objetivo fosse estabelecer a verdade, pois não existia mais uma única verdade, a questão era essa. Não existia mais uma visão comum, ou sequer uma realidade comum. Cada um deles agora via as coisas somente da sua própria perspectiva; só havia um ponto de vista.

Meu vizinho passou algum tempo calado. Pouco depois, disse que no seu caso os filhos tinham sido o seu esteio ao longo de todos os altos e baixos da sua carreira conjugal. Ele sempre havia sentido que era um bom pai; na verdade, imaginava ter sido mais capaz de amar os filhos e se sentir amado por eles do que fora o caso com as diversas mães deles. Mas a sua própria mãe um dia tinha lhe dito, na fase posterior ao término do seu primeiro casamento, quando ele estava profundamente preocupado com o efeito do divórcio sobre as crianças, que a vida familiar era um misto de alegria e tristeza a despeito do que você fizesse. Se não fosse o divórcio seria outra coisa, disse ela. Não existia infância perfeita, embora as pessoas façam de tudo para convencer você do contrário. Uma vida sem dor era algo que não existia. Quanto ao divórcio, ainda que você vivesse como um santo iria vivenciar todas as mesmas perdas, por mais que tentasse explicá-las. Eu seria capaz de chorar só de pensar que nunca mais vou ver você como era aos seis anos de idade — daria tudo, disse ela, para encontrar esse menino de seis anos mais uma vez. Mas tudo passa, por mais que se tente impedir. E por aquilo que voltar para você, seja lá o que for, sinta-se grato. Então ele havia tentado se sentir grato, até mesmo pelo filho, que fracassara de modo tão espetacular ao tentar sobreviver no mundo lá fora. Como muitas pessoas vulneráveis, seu filho desenvolvera uma obsessão por animais, e meu vizinho tivera mais dores de cabeça do que conseguia se lembrar ao acatar os incessantes pedidos para esta ou aquela criatura indefesa ser resgatada e acolhida. Cães, gatos, ouriços, passarinhos, até certa vez um cordeiro bebê quase morto por uma raposa, em cuja boca meu vizinho havia passado uma noite inteira acordado dando leite morno de colher. Durante essa vigília, falou, desejara que o cordeiro vivesse, não especialmente para o bem do animal em si, mas pela afirmação que isso teria proporcionado da solitária estrada escolhida por ele em relação ao filho, que era tratá-lo com a maior sensibilidade e indulgência possíveis. Se o cordeiro sobrevivesse, talvez isso tivesse significado uma espécie de aprovação — nem que fosse apenas do universo — da decisão do meu vizinho de agir em contradição direta com a mãe do menino, que o teria abandonado num hospital psiquiátrico. Mas é claro que no dia seguinte ele se vira enterrando o bicho enquanto Takis ainda dormia; e esse fora apenas um dos incontáveis incidentes devido aos quais ele acabara se sentindo tolo por ter decidido tratar o menino sem recorrer à crueldade. Pelo visto, disse ele, o universo privilegia pessoas como a sua ex-mulher, que negam aquilo que tem um reflexo negativo sobre elas próprias; embora nas histórias, claro, as coisas ruins retornem para assombrá-las. Seus problemas atuais advinham de uma noite na semana anterior, quando o acompanhante do filho havia se isolado para trabalhar no seu doutorado e Takis aproveitara a escuridão para fugir e assumira a tarefa de tentar libertar vários animais mantidos em cativeiro na ilha, entre os quais uma espécie de jardim zoológico excêntrico que um empreendedor local estava criando como um projeto pessoal, de modo que agora havia diversos animais selvagens soltos pela ilha — avestruzes, lhamas, tamanduás e até mesmo uma tropa de minúsculos pôneis do tamanho de cachorros. Seu dono era um recém-chegado, menos respeitoso da ancestralidade familiar, e ficara muito zangado com os danos causados à sua propriedade e aos seus animais: aos seus olhos, Takis era um vândalo, um criminoso, e não havia muita coisa que meu vizinho pudesse dizer ou fazer em sua defesa. Aprende-se muito depressa, disse ele, que nossos filhos só são imunes ao nosso próprio julgamento. Se o mundo os considera deficientes, você tem de aceitá-los de volta. Embora isso, é claro, seja algo que ele imagina sempre ter sabido, pois seu irmão deficiente mental, agora um homem de setenta e poucos anos, nunca sequer saiu do lugar em que nasceu.

Ele perguntou se eu gostaria de dar outro mergulho antes de voltarmos para o continente, e dessa vez permaneci dentro do campo de visão dos dois barcos e nadei mais perto da enseada, onde o choro do bebê ecoava nas pedras altas. O pai andava para lá e para cá pelo convés com o pequeno corpinho apertado junto ao ombro, e a mãe se abanava com as três crianças sentadas de pernas cruzadas aos seus pés. Havia diversos panos e tecidos em cores claras pendurados pelo barco para proporcionar sombra, e a brisa de vez em quando os enfunava e os fazia murchar outra vez, de modo que o grupo era ocultado por alguns instantes e em seguida revelado outra vez. Eles mantinham cada qual sua posição, e pude ver que esperavam o bebê parar de chorar, que o instante os libertasse e o mundo avançasse outra vez. Do outro lado da enseada, meu vizinho saíra nadando numa linha reta e curta e voltara imediatamente, e observei-o galgar a pequena escada para subir outra vez no barco. Ao longe, ele ficou andando pelo convés com seu passo levemente cadenciado enquanto secava as costas carnudas com uma toalha. A alguns metros de mim, um biguá negro pousado numa pedra fitava o mar sem se mexer. O bebê parou de chorar e a família na mesma hora começou a se mover, mudando de posição no espaço confinado como se fossem pequenos personagens mecânicos rodopiando num porta-joias. O pai se curvou e pôs o filho no berço, a mãe se levantou e se virou, os dois meninos e a menina esticaram as pernas e uniram as mãos até formar uma roda, com os corpos cintilando e reluzindo ao sol. De repente senti medo, sozinha dentro da água, e voltei para o barco, onde meu vizinho guardava coisas e abria o compartimento, pronto para puxar a âncora. Ele sugeriu que eu me deitasse no banco estofado, uma vez que devia estar cansada, e tentasse dormir durante a travessia até o continente. Deu-me uma espécie de xale para eu me cobrir, e eu o puxei por cima da cabeça até tampar o céu, o sol e a água dançante; e dessa vez, quando o barco deu seu salto para a frente em meio ao ruído ensurdecedor do motor, encontrei nisso certo conforto e constatei que de fato comecei a cochilar. De vez em quando abria os olhos e via o tecido desconhecido bem na frente deles, e tornava a fechá-los; e ao sentir meu corpo ser projetado às cegas pelo espaço, experimentei a sensação de que tudo na minha vida tinha sido atomizado, todos os elementos separados como se uma explosão os houvesse feito sair voando a partir do centro em várias direções. Pensei nos meus filhos e me perguntei onde estariam naquele momento. A imagem da família no barco, o círculo brilhante do porta-joias a girar, tão mecânica e fixamente compacto, e ao mesmo tempo tão gracioso e correto, se movia atrás das minhas pálpebras. Aquilo me lembrou, com extraordinária clareza, estar deitada quando criança, meio adormecida, no banco de trás do carro dos meus pais durante a interminável e sinuosa viagem de volta da praia para casa, onde muitas vezes íamos passar o dia no verão. Não havia uma rodovia direta entre os dois lugares, apenas um emaranhado de estradinhas rurais que, no mapa, pareciam as ilustrações embaralhadas de veias e capilares num livro escolar, de modo que não fazia nenhuma diferença especial que caminho você pegava, contanto que a direção geral estivesse certa. Apesar disso, meu pai tinha um caminho preferido, porque este lhe parecia ser ligeiramente mais curto do que os outros, então nós íamos sempre pelo mesmo lugar, cruzando e recruzando as estradas alternativas e passando por placas de lugares pelos quais já tínhamos passado ou que jamais iríamos ver, pois a ideia que meu pai fazia da viagem havia se transformado, com o tempo, numa realidade intransponível, a ponto que teria parecido errado se por acaso houvéssemos passado por aqueles vilarejos desconhecidos, embora na verdade não teria feito a menor diferença. Nós, crianças, íamos deitadas no banco de trás, sonolentas e enjoadas por causa do balanço do carro, e às vezes eu abria os olhos e via a paisagem de verão passando pelas janelas empoeiradas, tão plena e madura naquela época do ano que parecia impossível algum dia ser destruída e transformada em inverno.

O ímpeto da embarcação começou a diminuir, e o barulho do motor, a se extinguir. Quando me sentei, meu vizinho me perguntou educadamente se eu tinha conseguido desligar um pouco. Estávamos nos aproximando da marina, com seus barcos brancos a contrastar fortemente com o fundo azul, e depois deles a paisagem marrom, desfocada no calor, tudo parecendo se mover incessantemente para cima e para baixo sob o sol, embora na verdade o movimento fosse nosso. Se eu estivesse com fome, disse o meu vizinho, ele conhecia um restaurante bem perto dali que servia *souvlaki*. Eu já tinha comido *souvlaki*? Era muito simples, mas podia ser muito bom. Se eu tivesse um pouco de paciência enquanto ele atracava o barco e fazia os procedimentos necessários, poderíamos comer dali a pouco, e depois ele me levaria de carro de volta para Atenas.

V

À noite eu iria encontrar um velho amigo, Paniotis, num restaurante do centro da cidade. Ele ligou para me explicar como chegar lá, e também para dizer que uma outra pessoa — uma escritora de quem eu talvez tivesse ouvido falar — provavelmente se juntaria a nós. Ela insistira muito; ele estava torcendo para eu não me importar. Ela não era alguém que ele quisesse desagradar; eu moro em Atenas há tempo demais, falou. Explicou o caminho de forma meticulosa, duas vezes. Estava preso numa reunião, falou, caso contrário teria ido ele mesmo me buscar. Não gostava de me deixar encontrar o caminho sozinha, mas esperava ter explicado tudo suficientemente bem. Se eu contasse os sinais de trânsito como ele me instruíra e virasse à direita entre o sexto e o sétimo, não iria errar.

À noite, já sem o sol no céu, o ar adquiria uma espécie de viscosidade na qual o tempo parecia se imobilizar por completo, e o labirinto da cidade, não mais cindido pela luz e pela sombra e sem a perturbação das brisas vespertinas, parecia suspenso numa espécie de sonho, parado numa atmosfera de extraordinária palidez e untuosidade. Em determinado momento a noite caía, mas tirando isso os finais de dia eram estranhamente desprovidos da sensação de continuidade: a cidade não esfriava, nem ficava mais silenciosa ou mais vazia; o zum-zum das conversas e risadas vazava incontido das varandas iluminadas dos restaurantes, o tráfego era um rio caudaloso de luzes cheio de buzinas, crianças pequenas andavam de bicicleta pelas calçadas sob os postes de luz cor de bile. Apesar do escuro, era sempre dia, com os pombos ainda arrulhando nas praças acesas de néon, as bancas de jornal abertas nas esquinas das ruas, o cheiro de massa assada ainda permeando o ar exausto ao redor das padarias. No restaurante de Paniotis, um homem gordo usando um pesado terno de tweed, sentado sozinho numa mesa de canto, cortava delicadamente uma fatia de melancia rosada em pedacinhos pequenos com seu garfo e faca e os depositava com cuidado na boca. Aguardei, correndo os olhos pelo interior e seus painéis de madeira escura com janelinhas de vidro bisotado nas quais o mar de mesas e cadeiras vazias se multiplicava em reflexos. Aquele não era um lugar da moda, reconheceu Paniotis ao chegar; Angeliki, que em breve se juntaria a nós, ficaria contrariada, mas pelo menos ali era possível conversar, e dava para ter certeza de não encontrar nenhum conhecido que pudesse interromper. Eu talvez não compartilhasse seus sentimentos — na verdade, ele torcia para que não —, mas ele não tinha mais interesse em socializar; na verdade, cada vez mais achava os outros decididamente incompreensíveis. As pessoas interessantes são como ilhas, disse ele: não se esbarra com elas numa rua ou numa festa, é preciso saber onde estão e combinar de ir ao seu encontro.

Ele pediu que eu me levantasse de modo a poder me dar um abraço, e quando saí de detrás da mesa, me encarou com atenção. Vinha tentando se lembrar, falou, de quanto tempo fazia que não nos víamos — eu por acaso sabia? Devia fazer mais de três anos, falei, e ele aquiesceu enquanto eu falava. Almoçamos num restaurante em Earls Court, num dia quente para os padrões ingleses, e por algum motivo meu marido e meus filhos também estavam presentes. Estávamos a caminho de algum outro lugar: paramos para encontrar Paniotis, que estava em Londres por causa da feira do livro. Eu saí daquele almoço com a sensação de que a minha própria vida tinha sido um fracasso, disse ele. Você parecia tão feliz com a sua família, tão completa, era uma imagem de como as coisas deveriam ser. Quando ele me abraçou, senti seu corpo extremamente leve e frágil. Ele estava usando uma camisa puída de cor lilás e um jeans tão grande que pendia em camadas de tecido. Deu um passo para trás e tornou a me olhar com atenção. O rosto de Paniotis tem um quê de personagem de desenho animado: tudo nele é exagerado, as bochechas muito descarnadas, a testa muito larga, as sobrancelhas enviesadas como pontos de exclamação, os cabelos a se projetar em todas as direções, de modo que se tem a curiosa sensação de estar olhando para uma ilustração de Paniotis em vez de para o próprio Paniotis. Mesmo quando relaxado, ele ostenta a expressão de alguém que acaba de ouvir algo extraordinário, ou de alguém que abriu a porta e levou um grande susto com o que encontrou atrás dela. Os olhos, no meio dessa expressão que lembra um esgar, são muito irrequietos, cambiantes, e muitas vezes exageradamente saltados, como se um dia pudessem sair voando de seu rosto, tamanha a surpresa com o que testemunharam.

E agora posso ver que alguma coisa aconteceu, disse ele, e devo dizer que não esperava por isso. Eu não entendo, não mesmo. Naquele dia no restaurante, disse ele, eu tirei uma foto de você com a sua família — você se lembra? Sim, falei, me lembro sim. Disse torcer para ele não estar prestes a me mostrar a fotografia, e a expressão dele se fez grave. Se você não quiser, falou. Mas é claro que eu a trouxe comigo; está aqui dentro da minha pasta. Eu lhe disse que, na verdade, o que se destacava na minha lembrança daquele dia era ele ter tirado uma fotografia. Lembrava-me de pensar que era algo incomum de se fazer, ou pelo menos algo que a mim mesma não teria ocorrido. Aquilo estabelecia uma diferença entre mim e ele, no sentido de que ele estava observando algo enquanto eu, logicamente, estava de todo imersa em ser aquela coisa. Fora um daqueles instantes que, em retrospecto, passaram a me parecer muito proféticos, falei. E de fato, por estar tão imersa, eu não reparei que Paniotis foi embora do nosso encontro sentindo que a sua vida tinha sido um fracasso, não mais do que a montanha repara no alpinista que perde o pé e cai num de seus desfiladeiros. Às vezes já me pareceu que a vida é uma série de punições para tais momentos de desatenção, que uma pessoa molda o próprio destino com aquilo em que não repara ou pelo que não sente compaixão; que aquilo que você não sabe e não se esforça para entender vai se tornar exatamente a coisa que você será forçado a conhecer. Enquanto eu falava, Paniotis ia ficando cada vez mais horrorizado. Essa é uma ideia horrível que só uma católica teria sido capaz de inventar, disse ele. Embora eu não possa dizer que não haja bastante gente que eu gostasse de ver punida de modo tão deliciosamente cruel. São esses, porém, que se pode afirmar que chegarão ao fim de seus dias sem que o sofrimento os ilumine. Eles fazem questão, disse ele, pegando o cardápio e virando-se com um dedo erguido para o garçom, um homem imenso, de barba cinza, vestido com um longo avental branco, que havia passado todo esse tempo entrincheirado no canto do salão quase vazio em tamanha imobilidade que eu nem sequer tinha reparado nele. O garçom se aproximou e postou-se diante da nossa mesa com os braços portentosos cruzados diante do peito, e ficou meneando a cabeça enquanto Paniotis falava com ele depressa.

Naquele dia em Londres, retomou Paniotis, virando-se outra vez de frente para mim, eu entendi que o meu pequeno sonho de ter uma editora estava fadado a permanecer apenas isto, uma fantasia, e na verdade o que essa consciência me fez sentir foi nem tanto decepção com a situação quanto espanto diante da fantasia em si. Pareceu-me incrível que eu, aos cinquenta e um anos de idade, ainda fosse capaz de produzir, em total ingenuidade, uma esperança de todo impossível de realizar.

A capacidade humana de se autoiludir é aparentemente infinita — e se for assim, como é que podemos saber, a não ser existindo num estado de pessimismo absoluto, que mais uma vez estamos enganando a nós mesmos? Depois de ter vivido a vida inteira neste país trágico, eu pensava que não havia mais nada com o que pudesse me iludir mas, como você frisou de modo tão infeliz, é justamente aquilo que você não vê, aquilo a que não dá valor, que acaba por enganá-lo. E como você pode nem sequer saber que não dava valor a alguma coisa até ela não estar mais lá?

O garçom se materializou ao nosso lado com vários pratos na mão, e Paniotis se calou com um último gesto exagerado de consternação e se recostou na cadeira para deixá-lo dispor tudo sobre a mesa. Havia uma garrafa de vinho amarelo-claro, uma travessa de azeitonas verdes pequeninas com seus cabinhos, que pareciam amargas mas eram adocicadas e deliciosas, e uma travessa de mexilhões frios e delicados dentro de suas conchas pretas. Para nos fortalecer antes da chegada de Angeliki, disse Paniotis. Você vai constatar que Angeliki se tornou muito cheia de si depois que um de seus romances ganhou algum prêmio em algum lugar da Europa, disse ele, e agora é considerada, ou pelo menos se considera, uma celebridade literária. Findos os seus sofrimentos, fossem lá quais fossem, ela elegeu a si mesma uma espécie de porta-voz da feminilidade sofredora em geral, não só na Grécia, mas em outros territórios que demonstraram interesse pelo seu trabalho. Seja para onde for convidada, ela vai. O romance, disse ele, é sobre uma pintora cuja vida artística está aos poucos sendo sufocada por sua vida doméstica: o marido é diplomata, e a família vive sendo desenraizada e transferida para outro lugar, de modo que a pintora passa a ter a sensação de que o seu trabalho é apenas decorativo, um passatempo, enquanto o de seu marido é considerado não só por ele, mas pelo mundo, algo importante, algo que cria acontecimentos em vez de proporcionar apenas um comentário a seu respeito, e que quando há um conflito entre os dois, algo que acontece com frequência, uma vez que se trata de um romance de Angeliki, as necessidades dele se sobrepõem às necessidades dela. E depois de algum tempo o trabalho dela começa a se tornar mecânico, uma farsa; não há paixão, mas a necessidade que ela tem de se expressar perdura. Em Berlim, onde a família agora vive, ela conhece um rapaz, um pintor, que reacende sua paixão tanto pela pintura quanto por todo o resto — mas agora o problema é que ela se sente velha demais para esse rapaz, e sente-se também terrivelmente culpada, sobretudo por causa dos filhos, que pressentiram algo errado e começaram a ficar abalados. Mais do que tudo, ela sente raiva do marido por tê-la colocado nessa situação, por tê-la feito perder a paixão para começo de conversa e a deixado inteiramente responsável pelas consequências. E o jovem pintor ainda a faz se sentir velha, com suas festas que varam a noite, suas drogas recreativas e seu assombro diante das marcas que a experiência deixou no seu corpo de mulher. Não há ninguém com quem ela possa conversar, ninguém para quem possa contar — que lugar solitário, diz Paniotis com um sorriso de desdém. É este o título, aliás: *Um lugar solitário*. Minha desavença com Angeliki, diz ele, tem a ver com o fato de ela substituir a escrita pela pintura, como se as duas fossem intercambiáveis. Na minha experiência, os pintores são bem menos convencionais do que os escritores. Escritores precisam se esconder na vida burguesa, do mesmo jeito que carrapatos precisam se esconder no pelo de um animal: quanto mais profundamente enterrados estiverem, melhor. Eu não acredito na pintora que há nela, diz ele, preparando a merenda dos filhos na sua cozinha alemã high tech enquanto tem fantasias sexuais com um jovem de jaqueta de couro andrógino e musculoso.

Perguntei a ele o que, em Londres, o tinha feito deixar de acreditar na sua editora, que ele acabara de abrir e que de fato, pouco depois — assim eu ficara sabendo —, fora comprada por uma empresa maior, de modo que Paniotis era agora um editor dessa empresa, em vez do diretor da própria editora. Minha reverência por tudo o que é inglês não foi correspondida, respondeu ele após um silêncio, e seus olhos ficaram marejados e se reviraram nas órbitas. Foi quando as coisas começaram a ficar difíceis aqui, continuou ele, embora na época ninguém soubesse até que ponto iriam piorar. A editora devia se dedicar exclusivamente a traduzir e lançar autores de língua inglesa desconhecidos na Grécia, escritores pelos quais as editoras comerciais não se interessavam, por cujas obras Paniotis tinha profunda admiração e que estava decidido a tornar disponíveis para os seus conterrâneos. Em algum momento, porém, começou a não conseguir pagar os adiantamentos desses autores, cujos livros muitas vezes ele próprio traduzira de modo a cortar custos. Em Londres, viu-se criticado, até mesmo pelos próprios autores, por não pagar um dinheiro que os livros, a rigor, ainda não tinham de fato rendido; passou a ser tratado por todos com o mais grave desprezo, foi ameaçado com processos na justiça e, o pior de tudo, acabou com a impressão de que esses escritores, que antes venerava como os artistas do nosso tempo, eram na realidade pessoas frias, sem solidariedade alguma, dedicadas à autopromoção e acima de tudo ao dinheiro. Deixou bastante claro para elas que, se fosse forçado a pagar, sua editora iria falir antes mesmo de começar, o que de fato aconteceu; esses mesmos escritores são rejeitados regularmente pela editora para a qual ele agora trabalha, que só se interessa por sucessos de venda. Assim aprendi, disse ele, que é impossível melhorar as coisas, e que as pessoas boas são tão responsáveis por isso quanto as más, e que a melhora em si talvez não passe de uma fantasia pessoal, tão solitária à sua maneira quanto o lugar solitário de Angeliki. Somos todos viciados nela, disse ele, extraindo um marisco da concha com os dedos trêmulos e levando à boca, na história da melhora, a tal ponto que ela tem dominado a nossa mais profunda noção da realidade. Ela infestou até o romance, embora talvez agora o romance esteja nos infestando de volta, de modo que esperamos de nossas vidas o que passamos a esperar de nossos livros; mas essa noção da vida como progressão é algo que eu não quero mais.

Ele percebia agora que, no seu casamento, o princípio do progresso estava sempre em ação, na aquisição de casas, bens, carros, no ímpeto rumo a um status social mais elevado, a mais viagens, a um círculo de amigos mais amplo, e até mesmo a produção de filhos parecia um ponto obrigatório dessa louca viagem; e era inevitável, ele agora via, que quando já não houvesse mais coisas para acrescentar ou melhorar, nenhum outro objetivo a ser alcançado ou estágio a atravessar, a viagem pareceria ter chegado ao fim, e ele e sua mulher seriam acometidos por um grande sentimento de inutilidade e pela sensação de alguma doença, que na verdade era apenas a sensação de imobilidade após uma vida com excesso de movimento, como o que os marinheiros sentem ao andar em terra firme após passar tempo demais no mar, mas que para ambos havia assinalado que eles não estavam mais apaixonados. Se ao menos nós tivéssemos tido o bom senso, disse ele, de nos reconciliar um com o outro naquela época, de partir do princípio sincero de que éramos duas pessoas não apaixonadas, mas que mesmo assim não queriam o mal uma da outra; bem, disse ele, com os olhos outra vez marejados, se tivesse sido esse o caso, eu acredito que poderíamos ter aprendido a realmente nos amar e a amar a nós mesmos. Em vez disso, porém, vimos isso como mais uma oportunidade de progresso, vimos a jornada se desdobrando de novo, só que dessa vez era uma viagem pela destruição e pela guerra, para a qual ambos demonstramos a mesma energia e a mesma aptidão de sempre.

Hoje em dia eu vivo de modo muito simples, disse ele. Pela manhã, quando o sol nasce, pego o carro e vou até um lugar que conheço, a vinte minutos de Atenas, e nado até o final da baía, ida e volta. À noite, sento-me na varanda de casa e fico escrevendo. Ele fechou os olhos por um breve instante e sorriu. Perguntei-lhe o que estava escrevendo, e seu sorriso se alargou. Estou escrevendo sobre a minha infância, respondeu ele. Eu era tão feliz quando criança, continuou, e dei-me conta faz pouco tempo de que não havia nada que desejasse tanto quanto recordar isso pedacinho por pedacinho, com todos os detalhes possíveis. O mundo no qual essa felicidade existia desapareceu por completo, não apenas na minha própria vida, mas na Grécia como um todo, pois, quer tenha consciência disso ou não, a Grécia é um país que está de joelhos e morrendo uma morte lenta e agonizante. No meu próprio caso, às vezes me pergunto se foi justamente a felicidade da minha infância que me fez precisar aprender a sofrer. Eu pareço ter sido excepcionalmente lento para entender de onde vem a dor, e como ela aparece. Levei muito tempo para aprender a evitá-la. Outro dia li no jornal, disse ele, sobre um menino acometido por um curioso distúrbio mental que o leva a buscar o risco físico, e portanto a se ferir sempre que possível. Esse menino vive pondo a mão no fogo, jogando-se de muros e trepando em árvores para delas cair; já quebrou praticamente todos os ossos e, é claro, tem o corpo coberto por cortes e hematomas, e o jornal perguntou aos pobres pais qual era o seu comentário sobre essa situação. O problema, disseram eles, é que ele não tem medo. Mas a mim parece que na verdade é exatamente o contrário: ele tem medo demais, tanto que é levado a fazer aquilo que teme para evitar o risco de que isso venha a acontecer por conta própria. Acho que se eu, quando criança, tivesse sabido o que era possível em termos de dor, talvez tivesse tido uma reação bem parecida. Talvez você se lembre, na *Odisseia*, disse ele, do personagem de Elpenor, o marinheiro companheiro de Ulisses, que cai do telhado da casa de Circe porque está tão feliz que esquece que precisa usar uma escada para descer. Ulisses o encontra no Hades mais tarde, e lhe pergunta por que cargas-d'água ele morreu de modo tão bobo. Paniotis sorriu. Sempre achei isso um detalhe encantador, disse ele.

Uma mulher que com certeza era Angeliki — uma vez que não havia outros clientes, e ninguém mais havia entrado no restaurante durante todo esse tempo — acabara de entrar pela porta e estava interrogando o garçom num tom bastante enérgico; seguiu-se uma conversa de duração inexplicável, durante a qual os dois saíram do restaurante e dali a pouco tornaram a entrar, quando a conversa então prosseguiu com mais vigor do que nunca, e os cabelos louros e bem cortados da mulher balançavam com os movimentos rápidos de sua cabeça e seu lindo vestido cinza — feito de um tecido de seda finíssimo — girava quando ela passava o peso do corpo de um pé para o outro, impaciente como um pônei indócil. Ela calçava belíssimas sandálias de salto de couro prateado e carregava uma bolsa no mesmo feitio, e teria sido um retrato da elegância caso não tivesse, ao se virar para olhar na direção do braço com que o garçom apontava — e ver, no final deste, a nossa mesa —, exibido um semblante tão extraordinariamente ansioso que qualquer um que o visse não poderia deixar de sentir ansiedade por ela também. Como Paniotis previra, sua escolha de restaurante desagradou a Angeliki; ela só tinha entrado, aliás, para pedir indicações sobre como chegar ao lugar que Paniotis escolhera, sem perceber que era ali mesmo, e o garçom tivera de levá-la até o lado de fora e lhe mostrar o letreiro para convencê-la; e mesmo assim ela estava certa de que algum local mais adequado deveria existir ali perto com o mesmo nome.

Mas eu escolhi este especialmente para você, disse Paniotis com os olhos esbugalhados. O chef é da sua cidade, Angeliki; o cardápio tem todos os seus pratos bálticos preferidos. Por favor, queira desculpá-lo, disse Angeliki, tocando meu braço com uma das mãos de unhas feitas. Ela então reclamou rapidamente com Paniotis em grego, tirada que se encerrou com ele pedindo licença para se levantar da mesa e desaparecendo na direção dos toaletes.

Sinto muito não ter conseguido chegar antes, continuou Angeliki, ofegante. Tive de ir a uma recepção, depois passei em casa para pôr meu filho na cama — não o tenho visto muito ultimamente, já que estou em turnê com meu livro. Uma turnê pela Polônia, acrescentou ela antes de eu conseguir perguntar, principalmente Varsóvia, mas visitei outras cidades também. Ela perguntou se eu já tinha ido à Polônia, e quando respondi que não, meneou a cabeça com certa tristeza. Os editores de lá não têm dinheiro para convidar muitos escritores, disse ela, o que é uma pena, porque eles lá precisam de escritores de um jeito que as pessoas daqui não precisam. No último ano, disse ela, eu visitei muitos lugares pela primeira vez, mas a Polônia foi a turnê que mais me afetou, porque me fez ver meus livros não apenas como entretenimento para a classe média, mas como algo vital, em muitos casos uma boia salva-vidas, para pessoas — em grande parte mulheres, é preciso reconhecer — que se sentem muito sozinhas nas suas vidas cotidianas.

Angeliki pegou a garrafa e se serviu melancolicamente uma colherinha de chá de vinho antes de encher meu copo quase até a borda.

"Meu marido é diplomata", disse ela, "então nós viajamos muito por causa do trabalho dele, claro. Mas a sensação de viajar por causa do meu trabalho e de estar viajando de modo independente é completamente diferente. Admito que senti medo algumas vezes, mesmo em lugares que conheço bem.

E na Polônia fiquei muito nervosa, porque lá havia muito pouca coisa que eu reconhecesse — a começar pela língua. Mas parte disso, no início, se deu pelo simples fato de eu estar desacostumada a ser eu mesma. Por exemplo", continuou ela, "nós moramos seis anos em Berlim, mas mesmo quando estive lá sozinha como escritora a cidade me pareceu de certa forma estrangeira. Em parte foi porque eu estava vendo um novo aspecto dela, a cultura literária — da qual eu estava inteiramente fora antes —, e em parte porque estar lá sem meu marido fez que eu me sentisse, de modo inteiramente novo, aquilo que de fato sou."

Respondi que não sabia se, num casamento, era possível saber o que você de fato era, ou até mesmo separar o que você era daquilo em que havia se transformado por meio da outra pessoa. Eu achava que todo o conceito de um eu "real" talvez fosse ilusório; em outras palavras, a gente podia sentir dentro de nós a existência de algum eu separado, autônomo, mas talvez esse eu na verdade não existisse. Minha mãe certa vez admitira, falei, que ficava doida que fôssemos para a escola, mas que depois que saíamos, não sabia o que fazer e queria que voltássemos. E até hoje, mesmo agora que os filhos são adultos, ela ainda encerrava nossas visitas de modo um tanto forçado e nos enxotava para nossas próprias casas como se algo terrível pudesse acontecer caso ficássemos. No entanto, eu tinha quase certeza de que experimentava aquela mesma sensação de perda depois que saíamos, e me perguntava o que ela estaria procurando e por que tinha nos mandado embora para poder encontrar. Angeliki começou a remexer dentro da sua elegante bolsa prateada, e dali a pouco sacou um bloquinho e uma lapiseira.

"Por favor, com licença", disse ela. "É que eu preciso anotar isso." Passou alguns segundos escrevendo, então ergueu os olhos e disse: "Você poderia repetir a segunda parte?".

Reparei que o caderninho dela era muito organizado, assim como o restante da sua aparência, com as páginas escritas em linhas retas e ordenadas. Sua lapiseira também era de prata, com um grafite retrátil que ela empurrou com firmeza de volta para dentro do tubo. Ao terminar, falou: "Devo admitir que me espantei com a reação na Polônia, me espantei muito. Suponho que você saiba que as mulheres na Polônia são extremamente politizadas; as minhas plateias eram noventa por cento femininas", disse ela, "e todas muito cheias de opiniões. É claro que as gregas também são muito cheias de opiniões...".

"Mas elas se vestem melhor", disse Paniotis, que a essa altura já tinha voltado. Para minha surpresa, Angeliki levou o comentário a sério.

"Sim", disse ela, "as mulheres na Grécia gostam de estar bonitas. Mas na Polônia eu constatei que isso era uma desvantagem. As mulheres de lá são muito pálidas e sérias; têm rostos largos e frios, embora a pele em geral seja ruim, decerto por causa do clima, e também da dieta, que é um horror. E os dentes", acrescentou ela com uma leve careta, "os dentes não são bons. Mas elas têm uma seriedade que eu invejei, como se não tivessem, como se nunca tivessem sido distraídas da realidade das próprias vidas. Eu passei muito tempo em Varsóvia com uma jornalista", prosseguiu ela, "uma pessoa mais ou menos da minha idade e também mãe, que era tão magra e sem contornos e dura que achei difícil acreditar que fosse mulher mesmo. Tinha uns cabelos lisos castanho-claros que desciam pelas costas inteiras, e um rosto tão branco e ossudo quanto um iceberg, e usava jeans folgados de operário e grandes sapatos toscos, e era límpida, incisiva e linda como um cristal de gelo. Ela e o marido vinham se alternando rigorosamente a cada seis meses, um trabalhando enquanto o outro cuidava dos filhos. Às vezes ele reclamava, mas até ali havia aceitado o arranjo. Mas ela me confessou, com orgulho, que quando saía para trabalhar, o que fazia com frequência, as crianças dormiam com a sua foto debaixo dos travesseiros. Eu ri", disse Angeliki, "e lhe disse que tinha certeza de que o meu filho preferiria morrer a ser pego dormindo com uma foto minha debaixo do travesseiro. E Olga me olhou de tal jeito que de repente me perguntei se até mesmo os nossos filhos teriam sido infestados pela arrogância das nossas políticas de gênero."

O rosto de Angeliki tinha uma suavidade, quase uma nebulosidade, que era ao mesmo tempo atraente e também o motivo de seu aspecto aflito. Parecia que qualquer coisa poderia deixar uma impressão naquela suavidade. Os traços dela eram miúdos e precisos como os de uma criança, mas tinha a pele vincada como se fosse pela preocupação, o que lhe conferia um aspecto inocente com a testa franzida, como uma menina bonita que não conseguiu o que queria.

"Ao conversar com essa jornalista", continuou ela, "cujo nome, como eu já disse, era Olga, fiquei me perguntando se toda a minha existência — e até mesmo o meu feminismo — teriam sido um meio-termo. Senti que lhes faltava seriedade. Até mesmo a minha escrita tem sido tratada como uma espécie de hobby. Perguntei-me se eu teria tido a coragem de ser como ela, pois parecia haver na sua vida tão pouco prazer, tão pouca beleza — a simples feiura física dessa parte do mundo é impressionante — que não estava certa de que eu, em circunstâncias semelhantes, teria tido energia para me importar. Por isso me espantei com a quantidade de mulheres que foram assistir às minhas leituras — era quase como se o meu trabalho fosse mais importante para elas do que era para mim!"

O garçom veio tirar nosso pedido, processo que foi demorado, pois Angeliki parecia debater todos os itens do cardápio, um após o outro, fazendo várias perguntas à medida que descia pela lista enquanto o garçom respondia de modo sério e às vezes elaborado, sem jamais demonstrar a menor impaciência.

Sentado ao seu lado, Paniotis revirava os olhos e de vez em quando repreendia os dois, o que só fazia tornar o processo ainda mais lento. Por fim, a coisa pareceu chegar a uma conclusão, e o garçom se afastou pesada e vagarosamente, mas Angeliki então o chamou de volta com um leve arquejo e um dedo erguido no ar, aparentemente após ter se lembrado de mais algumas coisas. Seu médico havia lhe imposto uma dieta especial, disse-me ela depois que o garçom tinha ido embora pela segunda vez e desaparecido pelas portas de venezianas de mogno no outro extremo do restaurante, pois ela havia começado a se sentir mal ao voltar de Berlim para a Grécia. Sentira-se subjugada por uma extraordinária letargia e — não tinha problema em confessar — pela tristeza, algo que imaginava ser uma espécie de exaustão física e emocional cumulativa após tantos anos no exterior, e havia passado seis meses praticamente incapacitada na cama; meses durante os quais descobrira, afirmou, que o marido e o filho conseguiam se virar sem ela muito melhor do que ela poderia ter imaginado, de modo que quando tornou a se levantar e voltou à vida normal descobrira que seu papel na casa tinha diminuído. O marido e o filho haviam se acostumado a fazer — ou a deixar por fazer, disse ela — grande parte do que antes era o seu trabalho dentro de casa, e na verdade haviam desenvolvido novos hábitos próprios, muitos dos quais não lhe agradavam; mas ela admitira, naquele momento, que estava diante de uma escolha, e que se quisesse escapar da sua antiga identidade, aquela era a sua chance. Para algumas mulheres, disse ela, isso seria a concretização de seu maior medo, descobrir-se não necessária, mas para ela a coisa tivera o efeito contrário. Ela também havia constatado que a doença lhe permitira ver com objetividade a própria vida e as pessoas nessa vida. Ela percebeu que não estava tão atrelada a elas quanto pensara, em especial ao filho, por quem sempre havia sentido, desde o instante do seu

85

nascimento, uma imensa preocupação, considerando-o particularmente sensível e vulnerável a ponto de ser incapaz — ela agora via — de deixá-lo sozinho por um minuto sequer. Ao voltar para o mundo após a doença, seu filho lhe parecera, se não totalmente estranho, no mínimo menos dolorosamente ligado a ela por cada filamento. Ela ainda o amava, claro, mas não via mais a ele e à sua vida como algo que precisasse trabalhar até alcançar a perfeição.

"Para muitas mulheres", disse ela, "ter um filho é sua experiência criativa central, mas a criança jamais irá permanecer um objeto criado; a menos", disse ela, "que o sacrifício de si mesma feito pela mãe seja absoluto, coisa que o meu jamais poderia ter sido, e hoje em dia o de nenhuma mulher deveria ser assim. Minha própria mãe vivia por meu intermédio de um modo inteiramente desprovido de crítica", disse ela, "e em consequência cheguei à idade adulta despreparada para a vida, porque ninguém me considerava importante do mesmo jeito que ela, e era dessa forma que eu estava acostumada a ser vista. Então você conhece um homem que a considera importante o suficiente para se casar com você, de modo que parece correto aceitar. Mas é quando você tem um bebê que a sensação de importância realmente volta", disse ela, cada vez mais exaltada, "mas um dia você percebe que tudo isso — a casa, o marido, o filho —, tudo isso não é importância, na verdade é exatamente o contrário: você se tornou uma escrava, você foi apagada!" Ela fez uma pausa dramática, com o rosto erguido e as mãos espalmadas sobre a mesa em meio aos talheres. "A única esperança", retomou ela, numa voz mais baixa, "é tornar seu filho e seu marido importantes o suficiente na sua própria mente, de modo que o seu ego tenha alimento bastante para permanecer vivo. Mas na verdade", disse ela, "como observa Simone de Beauvoir, uma mulher assim não passa de um parasita, um parasita do marido, um parasita do filho.

"Em Berlim", continuou ela depois de algum tempo, "meu filho frequentava uma escola particular cara paga pela embaixada, onde conhecemos muitas pessoas ricas e bem relacionadas. As mulheres eram de um tipo que eu nunca havia conhecido antes na vida: quase todas tinham profissão — eram médicas, advogadas, contadoras — e a maioria tinha vários filhos, cinco ou seis cada uma, cujas vidas elas supervisionavam com diligência e energia assombrosas, administrando as famílias como se fossem empresas de sucesso paralelamente às carreiras exigentes que a maioria já tinha. E não só isso, essas mulheres eram também tão bem cuidadas e arrumadas quanto possível: iam à academia diariamente, corriam maratonas para instituições de caridade, eram magras e musculosas feito galgos e usavam sempre as roupas mais caras e elegantes, embora seus corpos cheios de tendões e músculos fossem muitas vezes curiosamente assexuados. Elas iam à igreja, assavam bolos para a festa da escola, presidiam grupos de discussão, organizavam jantares nos quais eram servidos seis pratos, liam todos os romances mais recentes, iam a espetáculos de música, jogavam tênis e vôlei nos finais de semana. Uma dessas mulheres só já teria bastado", disse ela, "mas em Berlim conheci várias. E o mais engraçado era que nunca conseguia recordar seus nomes, nem os de seus maridos: na verdade", disse ela, "não me lembro do rosto de nenhuma delas, nem do rosto de ninguém das suas famílias, a não ser o de uma das crianças, um menino mais ou menos da mesma idade do meu filho, que tinha uma deficiência terrível e andava numa espécie de carrinho motorizado com uma prateleira para ele apoiar o queixo, de modo que a sua cabeça — que do contrário imagino desabaria para a frente até o peito — ficava sempre sustentada." Ela fez uma pausa, incomodada, como se estivesse vendo o rosto do menino na sua frente outra vez. "Não me lembro de a mãe dele", continuou, "reclamar da vida sequer uma vez; pelo contrário, ela era uma arrecadadora incansável para instituições de caridade em prol de pessoas com a mesma doença que ele, isso além de todas as outras coisas que tinha para fazer.

"Às vezes", disse ela, "chego a pensar se a exaustão que senti ao voltar de Berlim foi na verdade a exaustão coletiva de todas essas mulheres, que elas próprias se recusavam a sentir e que, portanto, haviam me transmitido. A impressão que se tinha era de vê-las sempre correndo: elas viviam correndo, para o trabalho e de volta do trabalho, para o supermercado, em grupo no parque — conversando com a mesma desenvoltura como se estivessem paradas —, e se fosse preciso parar num sinal de trânsito, continuavam a correr sem sair do lugar com seus imensos tênis brancos até o sinal abrir e elas poderem avançar outra vez. No restante do tempo, usavam sapatos sem salto com solado de borracha, extremamente práticos e extremamente feios. Os sapatos eram a única coisa não elegante nelas", disse Angeliki, "mas mesmo assim eu sentia que constituíam a chave de todo o mistério em relação à sua natureza, pois eram os sapatos de uma mulher sem vaidade.

"Eu mesma", prosseguiu, estendendo o pé prateado de debaixo da mesa, "desenvolvi uma fraqueza por calçados delicados quando voltamos para a Grécia. Talvez tenha sido porque comecei a entender as virtudes de ficar parada. E, para a personagem do meu romance, sapatos desse tipo representam algo proibido. São o tipo de coisa que ela jamais usaria. Além do mais, quando ela vê mulheres calçadas com sapatos assim, isso a deixa triste. Até agora, ela achava que fosse porque tinha pena dessas mulheres, mas na verdade, quando pensa honestamente a respeito, é porque se sente excluída ou privada do conceito de feminilidade que os sapatos representam. Ela se sente quase como se não fosse mulher. Mas, se ela não é mulher, o que é então? Ela está vivendo uma crise de feminilidade que é também uma crise criativa, e no entanto sempre procurou separar as duas coisas por acreditar que fossem mutuamente excludentes, que uma desqualificava a outra. Olha pela janela do apartamento para as mulheres correndo no parque, sempre correndo, e se pergunta se elas estão correndo em direção a algo ou para longe de algo. Se passa tempo suficiente olhando, vê que estão simplesmente correndo em círculo."

Carregando uma enorme bandeja prateada, o garçom se aproximou. Pegou as travessas uma a uma e as pôs sobre a mesa. Após ter tido tanto trabalho para pedir a comida, Angeliki se serviu apenas porções minúsculas, com a testa toda franzida enquanto mergulhava a colher em cada prato. Paniotis serviu uma seleção de coisas no meu prato e me explicou o que eram. Disse que a última vez que estivera naquele restaurante fora na véspera da partida de sua filha para os Estados Unidos, quando da mesma forma não quisera ser interrompido por conhecidos, dos quais hoje tinha em Atenas um número excessivo. Enquanto compartilhavam a comida, os dois tinham recordado umas férias que haviam tirado certa vez no litoral ao norte de Tessalônica, de onde vinham muitos daqueles pratos. Ele manteve a colher no ar e perguntou a Angeliki se ela não queria mais um pouco, mas ela semicerrou os olhos e inclinou a cabeça em resposta, como um santo que recusa pacientemente a tentação. E você, disse ele para mim, você também se serviu muito pouco. Expliquei que tinha comido *souvlaki* no almoço. Paniotis fez uma careta, e Angeliki torceu o nariz.

"*Souvlaki* é pura gordura", disse ela. "Além da preguiça, é por isso que os gregos são tão gordos", acrescentou.

Perguntei a Paniotis quanto tempo fazia que ele tinha viajado para o norte com a filha, e ele respondeu que fora logo depois do seu divórcio. Na verdade, fora a primeira vez que ele levara os filhos sozinhos para onde quer que fosse. Lembrava-se que no carro, ao sair de Atenas em direção às montanhas, não parava de olhar para os dois no banco de trás, sentindo-se tão culpado quanto se os estivesse raptando. Imaginava que eles a qualquer momento fossem descobrir seu crime e exigir voltar na mesma hora para Atenas e para a mãe, mas eles não o fizeram; na verdade, não comentaram absolutamente nada sobre a situação, não durante todas as longas horas de uma viagem durante a qual Paniotis sentira estar se afastando cada vez mais de tudo em que confiava e de tudo que conhecia, de tudo que lhe era familiar, e acima de tudo de toda a segurança do lar que havia criado com a mulher e que, é claro, nem sequer existia mais. Mas afastar-se geograficamente dessa cena de perda foi insuportável, da mesma forma, disse Paniotis, que as pessoas às vezes não conseguem suportar se afastar do lugar em que alguém que amavam morreu.

"Fiquei esperando as crianças quererem ir para casa", disse ele, "mas na verdade quem queria ir para casa era eu; comecei a me dar conta, ali no carro, que no que dizia respeito às crianças elas *estavam* em casa, pelo menos em parte por estarem comigo."

Essa, disse ele, foi a mais solitária das compreensões; e a sua chegada ao hotel onde deveriam pernoitar para interromper a viagem não ajudou, um lugar absolutamente horroroso numa cidade litorânea suja e castigada pelo vento, onde um gigantesco complexo de apartamentos fora construído e em seguida abandonado, de modo que por toda parte havia montes de areia e cimento e imensas pilhas de blocos de cimento, bem como grandes máquinas que pareciam simplesmente ter sido deixadas ali no meio do serviço, escavadeiras com cargas de areia erguidas até a metade, empilhadeiras com paletes ainda suspensos nos dentes salientes, tudo congelado no lugar qual monstros pré-históricos afogados em aluvião, enquanto o prédio em si, um embrião abortado no meio de um espaço de asfalto ainda novo, se erguia em toda sua loucura espectral e encarava o mar por suas janelas sem vidraça. Seu hotel era imundo e infestado de mosquitos, havia pó de cimento entre os lençóis, e ele ficara abismado ao ver os filhos pulando e rindo sobre as feias camas de metal com suas colchas de náilon berrantes, pois até aquele momento — às vezes propositalmente, mas muitas vezes por puro acaso — ele e a mulher só os tinham levado a lugares de beleza e conforto, e além de ser tomado pela terrível certeza de que sua vida a partir dali seria tão azarada quanto a anterior fora sortuda, ele sentiu a mais profunda pena das próprias crianças. Havia reservado um quarto só para os três, e depois de algum tempo conseguiu pôr os filhos para dormir, mas ele próprio passou muitas horas acordado, imprensado entre os dois: "nunca achei uma noite tão difícil de atravessar quanto essa", disse Paniotis. "E pela manhã, que chegou não sei bem como, nós vimos que o tempo estava ruim, como às vezes pode acontecer naquele trecho do litoral na Páscoa. Já chovia bem forte, e o vento na praia em frente ao hotel estava tão forte que a espuma era levantada da água e soprada em grandes arcos desolados que pareciam fantasmas a cruzar o céu. Deveríamos ter ficado onde estávamos, mas eu estava tão decidido a sair dali que pus as crianças de volta no carro e comecei a dirigir com a chuva martelando o teto, mal conseguindo ver para onde estava indo. Em determinados pontos, a estrada literalmente tinha virado lama, e conforme fomos subindo outra vez os morros acima do litoral, eu vi que havia um perigo real de ela ser levada embora. Para completar, as crianças tinham sido muito picadas por mosquitos durante a noite e coçado as picadas, algumas das quais pareciam correr o risco de infeccionar. De modo que eu precisava achar uma farmácia, mas em meio a todo o drama da chuva devo ter feito uma curva errada em algum lugar, porque em vez de cairmos na rodovia, o caminho foi ficando cada vez mais íngreme e cada vez mais estreito e os morros cada vez mais ermos, até eu ver que estávamos numa verdadeira serra, com imensas ribanceiras vertiginosas de ambos os lados e grandes chumaços de nuvens ao redor dos cumes. O temporal tinha feito rebanhos de cabras e porcos da montanha saírem correndo feito loucos pelas encostas, e às vezes eles invadiam em bandos a estrada bem na frente do carro; e então, um pouco mais adiante, a estrada tinha sido inundada por um rio mais acima que havia transbordado, e as crianças gritaram quando a água entrou por uma das janelas que fora deixada ligeiramente aberta. O céu a essa altura estava tão preto que, embora fosse apenas o final da manhã, era como se a noite tivesse caído; mas logo adiante, no meio da chuva, eu de repente vi uma construção na qual havia luzes. Por incrível que parecesse, era uma pousada de montanha, bem na beira da estrada, e nós paramos lá na mesma hora, saltamos do carro e fomos correndo até a entrada da construção de pedra baixa cobrindo as cabeças com nossos casacos e abrindo a porta de supetão. Na verdade, era um lugar bastante agradável, e as pessoas lá dentro devem ter nos achado um tanto extraordinários, as crianças cobertas de picadas sanguinolentas, todos os três desgrenhados e ensopados até os ossos. O salão principal estava repleto de escoteiras, umas trinta, no mínimo, todas usando o mesmo uniforme composto por saia e blusa azul-marinho, uma boina e uma gravata amarela presa com um nó. Estavam todas cantando em coro, uma canção em francês, enquanto uma ou duas faziam o acompanhamento com pequenos instrumentos musicais. Essa cena esquisita me pareceu bastante aceitável depois da horrível cidade à beira-mar, do temporal e das cabras loucas; e, na verdade, uma das coisas que me aconteceram nessas férias, e que eu acho que não mudou desde então, foi que comecei pela primeira vez a ter a sensação de estar vendo o que estava realmente ali, sem me perguntar se esperava ou não vê-lo. Quando penso no período anterior, e sobretudo nos anos do meu casamento, parece-me que minha mulher e eu olhávamos o mundo através de uma comprida lente de ideias preconcebidas, e com isso nos mantínhamos a uma distância inalcançável do que havia à nossa volta, distância que representava uma espécie de segurança, mas que também criava um espaço para ilusão. Acho que nunca descobrimos a verdadeira natureza das coisas que vimos, não mais do que algum dia corremos o perigo de sermos afetados por elas; nós as espiávamos, as pessoas e os lugares, como passageiros de um navio espiam a terra firme que passa, e se tivéssemos visto neles qualquer espécie de perigo, ou eles em nós, não teria havido absolutamente nada que nós ou eles pudéssemos ter feito em relação a isso.

"Talvez tenha sido para dizer algo desse tipo que eu de repente senti uma necessidade irresistível de falar com a minha mulher, e perguntei à dona da pousada se havia um telefone que eu pudesse usar. As escoteiras — que faziam parte de uma organização religiosa de um tipo que acredito ser bem comum na França, e que nos disseram estar fazendo um tour a pé pela região — tinham, enquanto isso, aberto espaço nos bancos ao redor da grande mesa de madeira à qual estavam sentadas e retomado alegremente sua cantoria enquanto lá fora continuava a chover torrencialmente. A dona me mostrou o telefone e perguntou se eu gostaria que ela fizesse um chocolate quente para as crianças. Teve também a gentileza de trazer uma pomada antisséptica para as picadas. Na cabine telefônica, digitei o número do novo apartamento da minha mulher em Atenas, e fiquei surpreso ao ouvir um homem atender. Quando por fim consegui que Chrysta entrasse na linha, contei-lhe tudo sobre a nossa situação, disse que estávamos perdidos em algum lugar nas montanhas, no meio de um temporal horrível, que as crianças estavam com medo e cobertas de picadas de mosquitos, e que eu estava duvidando da minha capacidade de lidar com uma crise dessas. Em vez de reagir com empatia e preocupação, no entanto, ela ficou absolutamente calada. O silêncio durou apenas alguns segundos, mas nesse intervalo, como ela não entrou na hora certa para, por assim dizer, dar continuidade à sua participação no nosso dueto de toda uma vida, eu compreendi, de forma total e definitiva, que Chrysta e eu não éramos mais casados, e que a guerra na qual estávamos envolvidos não era apenas uma versão mais amarga da mesma disputa de uma vida inteira, mas algo bem mais nocivo, algo cuja ambição era a destruição, o aniquilamento, a não existência. Mais do que tudo, ele exigia silêncio; e isso, compreendi, era para onde todas as minhas conversas com Chrysta estavam conduzindo, um silêncio que no final permaneceria intacto, embora nessa ocasião ela o tenha rompido. Tenho certeza de que você vai dar um jeito, foi o que disse. E pouco depois disso a conversa acabou.

"Quando voltei para junto dos meus filhos depois desse diálogo", disse Paniotis, "experimentei uma extraordinária sensação de insegurança, quase como uma vertigem. Lembro-me de ficar segurando a borda de madeira da mesa por um tempo que pareceu muito longo, enquanto à minha volta as escoteiras cantavam. Mas então, depois de algum tempo, senti um calor distinto nas costas e, quando ergui os olhos, vi grandes fachos de sol entrando pelas janelas de vitral. As escoteiras se levantaram das cadeiras e guardaram seus instrumentos. O temporal tinha passado; a dona da pousada abriu a porta para deixar o sol entrar. E lá fomos nós todos para o mundo que pingava e reluzia, onde parei com meus filhos junto ao carro, com o corpo inteiro tremendo, e fiquei vendo a tropa de escoteiras descer marchando a estrada, assobiando, até sumir de vista. O que mais me marcou nessa imagem foi que elas obviamente não se consideravam perdidas, e não viam nada de assustador no fato de o tempo ter virado ou mesmo nas predisposições das montanhas em si. Não levavam nenhuma dessas coisas para o lado pessoal. Era essa a diferença entre mim e elas, e na ocasião era toda a diferença do mundo.

"Minha filha me lembrou", disse ele, "nessa nossa última noite aqui, da caminhada que fomos fazer mais tarde nesse dia. Na verdade, ela não se lembrava do hotel, nem do temporal, ou mesmo das escoteiras, mas se lembrava de termos descido o desfiladeiro de Lousios, trilha que decidimos seguir ao passar por uma placa na estrada que apontava para lá. No desfiladeiro havia um mosteiro que eu sempre quisera visitar, então ela, meu filho e eu deixamos o carro no acostamento da estrada e descemos pela trilha. Ela se lembrava dessa nossa caminhada sob o sol ao lado de grandes cachoeiras, e das orquídeas selvagens que colheu pelo caminho, e também do próprio mosteiro, equilibrado na borda de um extraordinário precipício, onde lhe pediram para vestir uma das feias saias feitas com velhas cortinas que eles mantinham guardadas dentro de um cesto com naftalina junto à porta antes de a deixarem entrar. Se houve algo de traumático nesse dia, disse-me ela, foi ter de vestir aquela saia fedida horrorosa. Na volta, na subida", disse Paniotis, "o sol ficou tão quente, e nossas picadas começaram a coçar de modo tão insuportável, que nós três arrancamos as roupas e mergulhamos numa das fundas piscinas criadas pela cachoeira, apesar de ela ficar bem perto da trilha e de podermos ser vistos a qualquer minuto pelos passantes. Como a água estava fria, e como era incrivelmente funda, refrescante e cristalina — ficamos boiando ali, com o sol no rosto e os corpos suspensos feito três raízes brancas abaixo da superfície. Ainda consigo nos ver ali", disse ele, "pois foram momentos de tamanha intensidade que de certa forma vamos vivê-los sempre, enquanto outras coisas são esquecidas por completo. No entanto, não existe nenhuma história específica relacionada a esses momentos", disse ele, "apesar do seu lugar na história que acabei de contar para vocês. Esses instantes passados nadando na piscina na base da cachoeira não pertencem a lugar algum; não fazem parte de nenhuma sequência de acontecimentos, são apenas eles mesmos, de um modo que nada em nossa vida anterior como família jamais fora, pois estava sempre conduzindo à coisa seguinte e à seguinte, sempre contribuindo para nossa história do que éramos. Depois que Chrysta e eu nos divorciamos, as coisas não se encaixaram mais dessa forma, embora eu tenha passado anos tentando fazer parecer que sim. Mas não houve continuação para esses momentos na piscina, nem jamais haverá. Assim, minha filha foi para os Estados Unidos", disse ele, "como seu irmão tinha ido antes dela, ambos se afastando o máximo possível dos pais. E é claro que isso me entristece", disse ele, "mas não posso fingir não achar que eles fizeram a coisa certa."

"Paniotis", exclamou Angeliki, "o que você está dizendo? Que seus filhos emigraram porque os pais se divorciaram? Meu amigo, eu acho que você está enganado ao se considerar tão importante assim. Os filhos vão embora ou os filhos ficam conforme suas próprias ambições; suas vidas lhes pertencem. Por algum motivo nós nos convencemos de que, se dissermos uma palavra que seja fora do lugar, nós os marcamos para sempre, mas é claro que isso é ridículo, e de toda forma, por que as vidas deles deveriam ser perfeitas? É a nossa própria ideia de perfeição que nos atormenta, e ela está enraizada nos nossos próprios desejos. Por exemplo, minha mãe acha que o pior infortúnio que existe é ser filho único. Ela é simplesmente incapaz de aceitar que o meu filho não vai ter irmãos e irmãs, e eu confesso que lhe dei a impressão de que essa situação não foi uma escolha, como um modo de evitar falar sobre isso com ela o tempo todo. Mas ela vive me contando sobre esse ou aquele médico de quem acaba de ouvir falar e que consegue fazer milagres; outro dia me mandou um recorte de jornal sobre uma grega que teve um filho aos cinquenta e três anos de idade, com um bilhete me dizendo para não perder as esperanças. Mas para o meu marido é totalmente normal nosso filho ser criado sozinho, porque ele próprio também foi filho único. Para mim, é claro, seria um desastre ter mais filhos: eu ficaria inteiramente assoberbada, como é o caso de tantas mulheres. Fico me perguntando por que minha mãe deseja me ver assoberbada também quando eu tenho um trabalho importante a fazer, quando isso não seria o melhor para mim e representaria, como eu digo, o equivalente a um desastre, e a resposta é que o desejo dela não tem a ver comigo, mas com ela própria. Tenho certeza de que ela não iria desejar que eu me considerasse um fracasso por não ser mãe de seis filhos, e no entanto é exatamente isso que o seu comportamento poderia me levar a sentir.

"As partes sufocantes da vida", disse Angeliki, "são muitas vezes aquelas que são a projeção dos desejos de nossos pais. A existência da mulher como esposa e mãe, por exemplo, é algo que ela muitas vezes abraça sem questionamento, como se fôssemos impelidas por alguma coisa externa a nós mesmas; enquanto a criatividade de uma mulher, aquilo que a faz duvidar e que ela vive sacrificando em nome dessas outras coisas — quando nem sequer sonharia, por exemplo, em sacrificar os interesses de seu marido ou filho — foi uma ideia dela própria, sua própria compulsão interna. Quando eu estava na Polônia", disse ela, "jurei adotar uma visão menos sentimental da vida, e se existe algo de que me arrependo no meu romance é o fato de as circunstâncias materiais da personagem serem tão confortáveis. Acho que seria um livro mais sério se não fosse assim. Na convivência com Olga", disse ela, "algumas coisas se revelaram para mim, como objetos submersos que vêm à luz quando a água escoa. Dei-me conta de que toda a nossa noção da vida como um romance — até mesmo a nossa concepção do amor em si — era uma visão na qual os bens materiais desempenhavam um papel excessivamente grande, e que sem esses bens nós talvez constatássemos que determinados sentimentos diminuiriam enquanto outros seriam exacerbados. Fiquei muito atraída pela dureza de Olga", disse ela, "pela dureza da sua vida. Quando ela falava sobre o relacionamento com o marido, era como se estivesse se referindo às peças de um motor, explicando como funcionavam ou deixavam de funcionar. Não havia romantismo algum, nenhum lugar escondido e que não nos fosse permitido ver. Sendo assim, eu não tinha ciúme nenhum do marido, mas quando ela falava dos filhos, da foto dela que eles guardavam debaixo do travesseiro, constatei que eu sentia raiva, como sentia raiva das minhas irmãs e do meu irmão quando minha mãe lhes dava atenção. Eu tive ciúme dos filhos de Olga; não queria que eles a amassem assim, que exercessem sobre ela esse poder. Comecei a sentir mais empatia pelo marido tratado como o motor de um carro; e ela então me contou que, numa certa época, ele tinha ido embora, abandonara a família, sem conseguir suportar mais essa falta de sentimentos, e fora morar sozinho num apartamento. Quando ele voltou, os dois retomaram a vida como antes. Ela não havia ficado com raiva dele, perguntei, por abandoná-la e deixá-la sozinha cuidando das crianças? Não, pelo contrário, ficara feliz em vê-lo. Nós dois somos totalmente francos um com o outro, disse ela, então eu sabia que, quando ele voltou, era porque havia aceitado o jeito como as coisas eram. Tentei imaginar", disse Angeliki, "como era esse casamento no qual ninguém precisava prometer nem se desculpar por nada, no qual não era preciso comprar flores para o outro nem lhe preparar uma refeição especial ou acender velas para criar uma atmosfera atraente, ou agendar férias para ajudar a superar os problemas; ou melhor, um casamento no qual se aprendia a dispensar essas coisas e a viver junto de modo tão franco e sem disfarces. Ainda assim, eu voltava sempre a pensar nas crianças e na fotografia que elas guardavam debaixo do travesseiro, porque isso sugeria que, no fim das contas, Olga era culpada de sentimentalismo, era capaz de romantismo, só que era o romantismo entre mãe e filho — e, se ela era capaz disso, então por que não de todo o resto? Confessei-lhe que eu tinha ciúme dos seus filhos, que nem sequer chegara a conhecer, e ela me disse é óbvio, Angeliki, que você nunca cresceu e que é por isso que consegue ser escritora. Acredite, disse-me Olga, você tem muita sorte: eu vi minha filha crescer da noite para o dia quando o pai dela foi embora. Durante esse período, disse Olga, ela se tornou extremamente hostil com os homens: Olga se lembrava de a ter levado certo dia a uma galeria de arte em Varsóvia, e quando elas chegaram diante de um quadro religioso de Salomé segurando a cabeça cortada de João Batista, a menina tinha aplaudido. Em outra ocasião, Olga a repreendera por algum comentário desdenhoso em relação ao sexo oposto, e sua filha respondera que não via necessidade de os homens existirem. Não é preciso haver homens, dissera ela, só é preciso haver mães e filhos. Olga admitiu ser em parte responsável pela percepção que a filha tinha das coisas, mas a verdade era que ela jamais teria abandonado as crianças como o pai fizera, embora não houvesse dúvida de que ele as amava; mas ela própria simplesmente não teria sido capaz, e ainda era preciso esclarecer se essa diferença era um fato biológico ou uma simples consequência do condicionamento. Você faria a mesma coisa se algum dia chegasse a esse ponto, disse-me Olga." Angeliki fez uma pausa. "Falei que, pelo contrário, eu acreditava que o meu filho pertencia mais ao pai do que a mim. Mas ela se recusou a aceitar que pudesse algum dia ser assim, a menos que eu tivesse um nível de respeito incomum pela autoridade masculina. Ao ouvir isso, tive de rir: a ideia de que eu, logo eu, nutrisse um respeito indevido à autoridade masculina! Mas desde então pensei muito nesse comentário", disse

Angeliki, "por motivos óbvios. No meu romance, a personagem é prejudicada por seu desejo de ser livre, por um lado, e por sua culpa em relação às crianças, por outro. Tudo que ela deseja é que a sua vida se torne integrada, se torne uma coisa só, em vez de uma série eterna de oposições que lhe causam confusão para onde quer que ela olhe. Uma resposta, claro, é direcionar sua paixão para os filhos, onde ela não causará dano algum; e essa acaba sendo a resposta escolhida por ela. Mas não é isso que eu sinto", disse Angeliki, ajeitando o belo tecido cinza de suas mangas.

O garçom pairava junto à nossa mesa; pelo visto o restaurante agora estava fechando, e Angeliki se levantou, olhou para o pequeno relógio de prata e disse que tinha se divertido tanto que perdera inteiramente a noção do tempo. Precisava acordar cedo no dia seguinte para uma entrevista na televisão, "mas foi um imenso prazer", falou, estendendo a mão para mim, "conhecer você. Acho que Paniotis teria preferido ter você só para ele, mas eu confesso que insisti, já que você estava aqui, no meu direito de participar. Gostei muito da nossa conversa", disse ela, apertando meus dedos; "quem sabe podemos nos encontrar outra vez e continuá-la, de mulher para mulher, da próxima vez que eu for a Londres".

Ela abriu a bolsa e pegou um pequeno cartão com seus contatos, que me entregou; com um giro do vestido e um lampejo dos saltos prateados, ela se foi, e vi seu rosto passar rapidamente do lado de fora da janela, mais uma vez disposto em sua surpreendente configuração de rugas de preocupação, que se iluminaram quando ela cruzou olhares comigo através do vidro e ergueu a mão numa despedida.

"Se quiser, acompanho você até seu apartamento", disse Paniotis.

Quando partimos pela calçada escura e quente em direção à rua principal, com suas luzes pulsantes e seu barulho de tráfego incessante, ele me disse que Angeliki estava brava com ele, porque ele estava editando uma antologia de autores gregos na qual seu trabalho fora omitido.

"A vaidade é a maldição da nossa cultura", disse ele, "ou talvez seja apenas a minha própria e persistente recusa em acreditar que os artistas também são seres humanos", disse ele.

Eu disse que na verdade tinha gostado de Angeliki, embora ela parecesse ter esquecido que já tínhamos nos encontrado anteriormente, numa leitura que eu fizera muitos anos antes em Atenas em que ela e o marido estavam na plateia. Paniotis riu.

"Aquela era outra Angeliki", falou, "uma Angeliki que não existe mais e que foi riscada dos livros de história. A Angeliki escritora famosa, a feminista de fama internacional, nunca encontrou você antes na vida."

Quando chegamos à entrada do meu prédio, Paniotis olhou para as figuras de tamanho exagerado na escuridão da janela do café, a mulher ainda rindo, o homem ainda com os olhos franzidos para ela com toda sua atraente falsa modéstia.

"Eles pelo menos são felizes", comentou. Abriu a pasta, pegou um envelope e o pôs na minha mão. "O que quer que tenha acontecido, isto aqui continua sendo a sua verdade", falou. "Não tenha medo de olhar para ela."

VI

Era um grupo curioso — um balaio de gatos, como Ryan tinha dito. Cuidado com o garoto de cabelo igual ao do Demis Roussos e barbicha, disse, ele simplesmente não cala a boca. A sala era pequena e cinza, mas tinha grandes janelas que davam para a praça Kolonaki, um espaço cercado de concreto onde pessoas liam o jornal sentadas em bancos à sombra de plátanos com bases de concreto grafitadas. Os espaços quentes já estavam desertos às dez horas da manhã. Pombos avançavam pelas pedras do calçamento em suas formações circulares, de mau aspecto, ciscando o chão com as cabeças baixas.

Os alunos debatiam se as janelas deveriam ficar abertas ou fechadas, pois fazia um frio mortal dentro da sala e ninguém conseguira entender como baixar o ar-condicionado. Discutia-se também se a porta deveria ficar aberta ou fechada, as luzes acesas ou apagadas, e se o computador, que projetava um retângulo azul na parede e emitia um zumbido, seria necessário ou poderia ser desligado. Eu já tinha notado o garoto a quem Ryan se referira, cuja basta cabeleira negra encaracolada caía pelos ombros e em cujo lábio superior havia um bigode emergente de pelos levemente mais claros. Em relação aos outros, no início foi difícil ter alguma opinião. Parecia haver um número equivalente de homens e mulheres, mas cada um exibia características de idade, traje e tipo social diferentes. Eles haviam se sentado ao redor de uma grande mesa de fórmica que na verdade eram várias mesas menores unidas para formar um quadrado. Havia naquela sala anônima um clima de incerteza, quase de inquietação. Lembrei a mim mesma que aquelas pessoas queriam algo de mim; que embora não me conhecessem nem se conhecessem entre si, tinham ido até ali com o objetivo de serem reconhecidas.

Decidiu-se que as janelas deveriam ficar abertas, mas a porta, fechada, e a pessoa mais próxima de cada lado se levantou para fazer isso. O garoto de Ryan observou que parecia estranho abrir as janelas para *esquentar* um recinto, mas que a ciência havia nos envolvido em muitas inversões da realidade como essa, algumas das quais eram mais úteis que outras. Às vezes deveríamos aceitar que as nossas comodidades nos causassem incômodo, disse ele, assim como precisávamos tolerar falhas nas pessoas que amávamos: nada nunca era perfeito, disse ele. Muitos de seus conterrâneos na Grécia, continuou, acreditavam que o ar-condicionado era seriamente prejudicial à saúde, e havia agora um movimento em todo o país para mantê-lo desligado em repartições e prédios públicos, uma espécie de conceito de volta à natureza que era ele próprio uma espécie de perfeccionismo, embora significasse que todos sentiam muito calor; o que, concluiu com certo deleite, só poderia ter como resultado uma nova invenção do ar-condicionado.

Peguei um pedaço de papel e uma caneta e desenhei o formato da grande mesa quadrada ao redor da qual estávamos todos sentados. Perguntei a eles seus nomes, dez ao todo, e anotei cada um no seu lugar ao redor do quadrado. Então pedi a cada um para me dizer algo em que houvesse reparado no caminho até ali. Houve um longo silêncio de transição pontuado por farfalhares: pessoas pigarrearam, rearrumaram os papéis na sua frente ou encararam o vazio com um olhar perdido. Então uma jovem, que segundo meu diagrama se chamava Sylvia, começou a falar após ter olhado em volta, aparentemente para se certificar de que ninguém mais iria tomar a iniciativa. Seu sorrisinho resignado deixou claro que ela muitas vezes dava por si nessa situação.

"Quando eu estava saltando do trem", disse ela, "reparei num homem em pé na plataforma com um cachorrinho branco no ombro. Ele era muito alto e moreno", acrescentou ela, "e o cachorro era bem bonito. Tinha o pelo encaracolado e branco feito neve, e estava sentado no ombro do homem, olhando em volta."

Seguiu-se um novo silêncio. Pouco depois, um homem de aspecto muito arrumado e miúdo — Theo, segundo meu diagrama —, que viera vestido de modo formal com um terno risca de giz, levantou a mão para falar.

"Hoje de manhã", disse ele, "eu estava atravessando a praça em frente ao meu prédio, a caminho do metrô, quando vi em cima de uma das muretas baixas de concreto em volta da praça uma bolsa de mulher. Era uma bolsa grande e de aspecto bem caro", disse ele, "feita de um couro preto envernizado extremamente brilhante e com um fecho dourado na parte de cima, e estava pousada ali, totalmente aberta sobre a mureta. Olhei em volta em busca de alguém que pudesse ter um objeto assim, mas a praça estava deserta. Perguntei-me então se a dona teria sido assaltada, e a bolsa deixada ali enquanto seu conteúdo fora roubado, mas quando me aproximei e olhei lá dentro, pois o fecho estava aberto e a parte de cima escancarada, e eu podia examinar o interior sem tocar na bolsa, vi que tudo continuava ali, carteira de couro, molho de chaves, estojo de pó compacto e batom, até mesmo uma maçã decerto destinada a um lanche durante o dia. Fiquei ali parado por bastante tempo, esperando para ver quem iria aparecer, e quando ninguém veio acabei no fim das contas andando até o metrô, porque tinha visto que caso contrário chegaria atrasado. Mas me dei conta, enquanto caminhava, de que deveria ter levado a bolsa para uma delegacia de polícia."

Theo parou de falar, pelo visto era o fim da história. Os outros imediatamente o bombardearam com uma rajada de perguntas. Após se dar conta de que deveria ter entregado a bolsa à polícia, por que ele não dera meia-volta e fora até lá? Se estava atrasado, por que não havia simplesmente entregado a bolsa numa loja próxima ou mesmo numa banca de jornal, para que a guardassem, ou no mínimo falado sobre a situação com algum passante? Ele poderia até ter levado a bolsa consigo e feito os telefonemas necessários numa hora mais conveniente — melhor do que simplesmente deixá-la ali, para qualquer um roubar! Durante esse interrogatório, Theo ficou sentado com os braços cruzados em frente ao peito e uma expressão gentil no rosto pequeno e bem-cuidado. Após um tempo considerável, depois de as perguntas arrefecerem, tornou a falar.

"Eu tinha acabado de atravessar a praça", disse, "e de me virar, pois nesse exato momento me ocorrera esse pensamento em relação à polícia, eis que então vejo um jovem policial exatamente a meio caminho entre mim e a bolsa, que eu ainda podia ver sobre a mureta do outro lado. Ele estava andando pelo caminho de pedestres no final do qual é preciso virar numa de duas direções: à direita, o que o teria levado até mim, ou à esquerda, o que o teria levado direto até a bolsa. Se ele virasse à direita, vi que eu não teria outra escolha senão lhe contar e me envolver em toda a papelada e tempo perdido que essas coisas acarretam. Felizmente para mim", disse Theo, "ele virou à esquerda, e fiquei parado tempo suficiente para vê-lo chegar à bolsa, olhar em volta em busca da dona e espiar o conteúdo como eu tinha feito, então pegá-la e levá-la consigo."

O grupo aplaudiu com gosto a sua performance, enquanto Theo continuava a sorrir com gentileza no meio dos outros. Era interessante pensar, disse o rapaz de cabelos compridos — Georgeou, como me informou meu diagrama —, que uma história pode ser apenas uma sequência de acontecimentos nos quais acreditamos estar envolvidos, mas sobre os quais não temos influência absolutamente nenhuma. Ele próprio não havia reparado em nada na ida até lá; em geral não reparava em coisas que não lhe diziam respeito por esse exato motivo, por considerar a tendência a ficcionalizar nossas próprias experiências com certeza perigosa, já que ela nos convence de que a vida humana tem alguma espécie de lógica e que nós somos mais importantes que de fato somos. Quanto a ele, fora seu pai quem o levara até a aula; os dois tinham tido no caminho uma conversa muito interessante sobre a teoria das cordas, e então ele havia saltado e subido até aquela sala.

"Com certeza não é verdade que não existe história de vida", disse a garota sentada ao seu lado com uma expressão perplexa, "que a existência da pessoa não tem um formato distinto que começou e um dia vai terminar, com suas próprias temáticas, acontecimentos e elenco de personagens." Ela mesma, no caminho até ali, passara por uma janela da qual saía o som de alguém tocando piano. O prédio, por acaso, era uma escola de música do mesmo tipo da que ela havia largado dois anos antes, abandonando a esperança de uma vida inteira de virar musicista profissional; ela reconheceu a música como a fuga em ré menor das *Suítes francesas*, de Bach, peça que sempre havia adorado e que lhe causara, ao ouvi-la de modo assim inesperado, uma extraordinária sensação de perda ali na calçada. Era como se a música um dia houvesse lhe pertencido, e agora não pertencesse mais; como se ela tivesse sido despojada de sua beleza, estivesse sendo obrigada a vê-la pertencente a outro, e a revisitar, na sua inteireza, a própria tristeza diante da sua incapacidade, por diversos motivos, de permanecer nesse mundo. Com certeza outra pessoa, ao passar por aquela janela e ouvir a fuga em ré menor, teria sentido algo inteiramente diferente, disse ela. Em si, a música que emanava da janela não significava absolutamente nada, e a despeito das sensações que pudessem estar atreladas a ela, nenhuma tinha levado a música a ser tocada, antes de mais nada, nem a janela a ser deixada aberta de modo que o som pudesse ser escutado pelos passantes. E nem mesmo alguém que observasse esses acontecimentos do outro lado da rua, disse ela, poderia ter adivinhado, pelos simples ver e ouvir, qual era de fato a história. O que teriam visto era uma garota passando na rua, ao mesmo tempo que ouviam uma música sendo tocada dentro de um prédio.

"O que na verdade", retrucou Georgeou, com o dedo erguido no ar e um sorriso rasgado surgindo no rosto, "foi apenas o que aconteceu de fato."

A garota — que quando olhei vi se chamar Clio — tinha quase trinta anos, talvez, mas uma aparência infantil, os cabelos escuros presos para trás num rabo de cavalo, e a pele pálida e amarelada sem maquiagem nenhuma. Estava usando uma espécie de bata sem mangas, o que exacerbava seu aspecto simples. Pude imaginá-la no monasticismo de uma sala de música, os dedos voando de forma surpreendente por sobre as teclas pretas e brancas. Ela olhou para Georgeou com uma expressão de total passividade e imobilidade, claramente na expectativa de que ele ainda fosse ter muito a dizer.

Por sorte, continuou Georgeou, existia uma coisa infinita chamada possibilidade, e uma coisa igualmente útil chamada probabilidade. Nós dispúnhamos de um indício excelente no que dizia respeito à escola de música, um lugar que a maioria das pessoas entenderia que tinha por atividade formar músicos profissionais. A maioria das pessoas teria alguma noção do que era um músico profissional, e entenderia que a possibilidade de fracassar numa profissão dessas era tão grande quanto a de ter sucesso. Ao ouvir a música emanar do prédio, portanto, elas poderiam imaginar a pessoa que tocava como alguém que estava correndo esse risco, e cujo destino, portanto, poderia adquirir uma de duas formas básicas, ambas passíveis de serem imaginadas pela pessoa comum.

"Em outras palavras", disse Georgeou, "eu poderia deduzir sua história apenas dos fatos e da minha própria experiência de vida, que é tudo de que posso ter certeza, e mais importante nesse caso, da minha experiência com o fracasso, como por exemplo meu fracasso em decorar as constelações do hemisfério Sul, coisa que nunca deixa de me incomodar." Ele uniu as mãos e olhou para os outros com uma expressão desanimada.

Perguntei a Georgeou quantos anos ele tinha, e ele respondeu ter completado quinze na semana anterior. Seu pai tinha lhe comprado de presente de aniversário um telescópio, que os dois haviam montado na laje do seu prédio e com o qual ele agora podia estudar o céu, e mais especificamente as fases da lua, pelas quais tinha um interesse especial. Eu disse que estava feliz por ele ter ganhado um presente tão gratificante, mas que talvez agora fosse o momento de ouvir o que os outros tinham a dizer. Ele aquiesceu, e sua expressão se animou. Só queria acrescentar, falou, que conhecia a fuga em ré menor das *Suítes francesas*: seu pai havia tocado uma gravação para ele, e pessoalmente ele sempre a havia considerado uma peça musical bastante otimista.

Com isso, a pessoa sentada ao seu lado começou a falar.

"A música", disse ela, num tom langoroso e onírico. "A música trai segredos; é mais traiçoeira ainda do que os sonhos, que pelo menos têm a virtude de serem privados."

A mulher que disse isso tinha uma aparência magnífica, ainda que excêntrica, idade na casa dos cinquenta e uma beleza maltratada que exibia de maneira um tanto régia. Os ossos de sua face tinham uma estrutura tão impressionante que beiravam o grotesco, impressão que ela havia optado por realçar — de um modo que me pareceu distinta e intencionalmente bem-humorado —, contornando os olhos azuis já imensos com oceanos de uma exuberante sombra azul e verde, e em seguida traçando sem cuidado o contorno das pálpebras com um azul mais berrante ainda; as maçãs saltadas do rosto exibiam faixas de blush rosado, e a boca, particularmente carnuda e franzida, estava excessiva e pintada com descuido de batom vermelho. Ela usava uma grande quantidade de joias de ouro e um vestido de pregas de chifon, também azul, que deixava expostos o pescoço e os braços, cuja pele era muito morena e intrincadamente enrugada. Seu nome, segundo a minha planilha, era Marielle.

"Por exemplo", retomou ela após uma pausa demorada, percorrendo com os imensos olhos azuis os rostos à sua volta, "foi quando ouvi meu marido cantando 'L'Amour est un oiseau rebelle' no chuveiro que me dei conta de que ele estava sendo infiel." Ela parou outra vez, fechando com dificuldade os lábios volumosos por cima dos dentes da frente especialmente grandes e saltados, como para umedecê-los. "Ele estava cantando o papel da própria Carmen, claro", retomou, "embora eu não ache que tenha percebido o próprio erro, ou que teria se importado caso houvesse sabido. Ele sempre foi preguiçoso em relação aos detalhes, uma vez que é uma pessoa de extremos, e prefere não se deixar deter pelos fatos. No que lhe dizia respeito, estava cantando apenas por pura alegria, de tão bom que era ser ele no nosso apartamento naquela manhã de sol, com sua amante bem guardadinha em algum lugar do outro lado da cidade enquanto ele tomava banho no seu boxe de mármore travertino e metais dourados, onde ele gosta de manter até mesmo algumas obras de arte mais resistentes, bem como um pedaço da frisa do Partenon que supostamente continua desaparecida e que ele usa como saboneteira, com o novo sistema de alta pressão de água quente que acabou de mandar instalar e as toalhas que mandou vir da Saks Fifth Avenue de Nova York, que envolvem a pessoa como um bebê no colo da mãe e dão vontade de voltar para a cama.

"Eu estava na cozinha", disse ela, "espremendo laranjas. Tinha acabado de preparar para mim um café da manhã delicioso, com um melão bem madurinho que havia encontrado na feira e uma fatia de queijo fresco comprada de uma mulher que cria lindas cabras num morro perto de Delfos, quando ouvi o som dele cantando. Entendi na mesma hora o que aquilo significava. Que imbecil, pensei... Por que ele precisa cantar aos berros a ponto de eu escutar lá da cozinha? Eu, a única a saber o que poderia ter feito essa novela de traição surgir na sua cabeça, e ele pegar para si o melhor papel, assim como sempre pegava para si a melhor parte de qualquer coisa que estivesse no meu prato, simplesmente estendia a mão e pegava qualquer coisa que tivesse lhe agradado, muito embora eu a houvesse guardado para o final. Por que ele não podia ter ficado de bico calado? E tudo antes de eu ter conseguido saborear meu lindo café da manhã, que agora ele iria encontrar à sua espera ao sair do chuveiro, intocado sobre a bancada; eu sabia que a sua felicidade ficaria completa."

Ela parou para ajeitar atrás da orelha uma mecha de cabelos, tingidos de um louro amarelo vivo, e umedeceu os lábios outra vez antes de recomeçar. "Hoje de manhã", falou, "eu tinha planejado passar no escritório dele a caminho daqui para conversar sobre questões financeiras, em relação às quais, de toda forma, nós sempre concordamos. A falta de consideração do meu marido é equivalente à sua completa falta de rancor. Ele é um homem", suspirou ela, "de muito bom gosto, o que para mim sempre foi uma forma de tortura, porque eu sou boa aluna e nunca consegui evitar aprender direitinho o gosto dele, a ponto de passar a saber o que ele quer antes mesmo de ele próprio querer, e em relação a mulheres me tornei absolutamente profética, quase a ponto de vê-las com os seus olhos e de sentir o desejo dele por elas. Então, no fim das contas, eu aprendi a fechar os olhos; e se ao menos tivesse lembrado de fechar os ouvidos também, naquela manhã na cozinha, talvez ainda estivesse olhando para o meu prato e descobrindo que o melhor e mais delicioso pedaço tinha desaparecido sabe-se lá como.

"Hoje, depois de pegar o elevador de vidro e subir até o escritório dele, que fica no décimo terceiro andar, ao sair vi que tudo lá havia mudado. A decoração inteira tinha sido refeita; o novo tema era o branco, e por ser um homem de extremos, meu marido obviamente decidira que tudo que não fosse branco — inclusive algumas pessoas — precisava ser eliminado. Assim, minha querida amiga Martha, secretária dele, não podia mais ser encontrada no seu lugar junto à grande janela, em frente à sua antiga mesa na qual ela guardava a marmita, as fotos dos filhos e um par de sapatos baixos para caminhar, onde costumávamos ficar sentadas conversando e ela me contava tudo de que eu precisava saber e nenhuma das coisas de que eu não precisava — Martha tinha sumido, embora meu marido tenha me garantido que ela não chegara a ser erradicada, apenas ganhara uma sala grande só sua nos fundos, onde não seria vista pelas visitas. No seu lugar junto à janela, naquele mundo todo branco que mais do que tudo me lembrava aquela manhã na cozinha e a fatia de queijo de cabra fresco que fui obrigada a abandonar para sempre no prato, estava sentada uma moça nova. Estava vestida de branco, claro, e tinha a pele clara como a de um albino; os cabelos também eram totalmente brancos, com exceção de uma mecha comprida que saía da sua cabeça como uma pluma e era pintada — o único pedaço de cor naquele ambiente — de um azul bem vivo. Na descida, dentro do elevador, fiquei admirada com a genialidade daquele homem, que também conseguira, enquanto eu estava lá, extrair o meu perdão de modo tão sorrateiro quanto um punguista bate a sua carteira, e estava me devolvendo para a rua mais leve, embora mais pobre, com aquela pluma azul espetada no meu pensamento feito uma pena numa boina."

Marielle se calou e ergueu o rosto enrugado, com os imensos olhos cintilantes bem fixos à frente. Era bastante comum, observou o homem à sua esquerda após um curto intervalo, os jovens usarem a aparência como um modo de chocar ou perturbar os outros; ele próprio — e tinha certeza de que o mesmo se aplicava a todos nós — já vira cortes de cabelo bem mais extravagantes do que aquele descrito por Marielle, para não falar em tatuagens e piercings às vezes de natureza que parecia agressiva, mas que mesmo assim não diziam absolutamente nada sobre seus donos, que em geral eram pessoas de doçura e docilidade extremas. Ele levara muito tempo para aceitar esse fato, pois tinha predisposição para julgar e para constatar que o significado de uma coisa correspondia à sua aparência, e também para ter medo daquilo que não compreendia; e embora, a rigor, ele não entendesse os motivos que poderiam levar as pessoas a decidirem se mutilar, havia aprendido a não dar muita importância a isso. Quando muito, considerava extremos externos desse tipo símbolos de um vazio interno correspondente, uma frivolidade que, na sua opinião, advinha da falta de comprometimento com um sistema de crenças significativo. Seus contemporâneos — e ele tinha apenas vinte e quatro anos, embora consciente de parecer um pouco mais velho — eram na sua maioria muito espantosamente indiferentes aos debates religiosos e políticos da nossa época. Para ele, porém, o despertar político tinha equivalido ao despertar de toda a sua sensibilidade, proporcionando-lhe um modo de existir no mundo, algo de que sentia orgulho, mas também provocava certa ansiedade, quase uma espécie de culpa, que ele achava difícil de explicar.

Naquela manhã, por exemplo, a caminho dali, ele havia passado pela área da cidade onde no verão anterior, como todos deviam se lembrar, houve protestos nos quais ele e seus amigos políticos tinham orgulhosamente tomado parte. Deu por si fazendo o mesmo caminho que eles tinham feito naquele dia, passando por ruas que não tornara a visitar, e surpreendera-se ao ser invadido pela emoção devido às lembranças que elas lhe traziam. Então, em determinado momento, havia passado por uma viela cujos prédios eram cascas incendiadas de ambos os lados: podia ver pelas janelas sem vidraças os interiores cavernosos, destruídos, todos enegrecidos e fantasmagóricos e ainda cheios da desordem e dos detritos da própria destruição, pois no ano inteiro que transcorrera ninguém tinha ido limpá-los. Exatamente como aqueles prédios tinham sido incendiados ele não recordava, mas fora quase à noite, e os incêndios tinham sido vistos por toda Atenas. Agências de notícias haviam transmitido imagens da fumaça pairando acima da cidade, que tinham sido difundidas pelo mundo todo; isso, ele não podia negar, fizera parte da empolgação daquela noite, além de ser um meio necessário — na sua opinião — de fazer passar o recado dos manifestantes. No entanto, tudo que conseguira sentir ao olhar para dentro daquelas ruínas desoladas fora vergonha, a tal ponto que chegou a pensar ter escutado a voz da mãe perguntando se era ele mesmo o responsável por toda aquela confusão, pois lhe tinham dito que sim, e até ele confirmar ela não sabia se deveria ou não acreditar neles.

Quando criança, continuou ele — que segundo meu diagrama se chamava Christos —, era um menino extremamente tímido e desengonçado, tanto que a mãe decidira matriculá-lo em aulas de dança como um modo de desenvolver sua autoconfiança. Essas aulas, que aconteciam num salão próximo e eram frequentadas por meninas e por um número um pouco menor de meninos do bairro — todos bárbaros —, eram para ele um tormento numa escala que até mesmo hoje lhe é difícil expressar. Não era apenas o fato de ele estar acima do peso e ser fisicamente inseguro; era que ele tinha um medo de se expor que o levava inexplicavelmente, em situações como aquela, a se deixar cair. Era uma espécie de vertigem, disse ele, parecida com a que leva pessoas com medo de altura a quererem pular; ele simplesmente não podia suportar ser olhado, e convidá-lo para dançar era como lhe pedir para andar numa corda bamba, em que a ideia de cair devia ser tão onipresente que acabava provocando de fato a queda. E ele caiu, repetida e angustiadamente, agitando os braços humilhado entre os pés rodopiantes das outras crianças feito uma baleia encalhada, e foi por isso submetido a muita zombaria, até a professora de dança ser forçada a sugerir que ele parasse de frequentar as aulas e ele pudesse ficar em casa.

"Imaginem então o meu horror", disse ele, "quando finalmente entrei para a universidade e travei amizade com um grupo de indivíduos agradáveis, comprometidos e com as mesmas opiniões que eu, do tipo que eu passara a vida inteira sonhando ter como amigos, apenas para descobrir que o principal lazer e passatempo desse grupo, seu maior amor — depois da política — era a dança. Noite após noite, eles me convidavam para dançar e eu, é claro, recusava. A pessoa mais próxima de mim nesse universo social, Maria, uma menina com quem eu tinha debates políticos extremamente arrebatadores, uma menina com quem compartilhava tudo, até mesmo o meu amor pelas palavras cruzadas, várias das quais completávamos juntos todo dia — até Maria ficou decepcionada com a minha recusa em participar dessa atividade traumática. Confie em mim, falou, exatamente como minha mãe tinha dito antes dela — confie em mim, você vai gostar. Comecei a acreditar, no fim das contas, que se não dançasse eu iria perder a amizade de Maria, ao mesmo tempo que tinha certeza de que, quando ela me visse dançar, eu a perderia de toda forma. Como não havia saída, certa noite aceitei ir com eles à boate que frequentavam. Não foi nada do que eu imaginava, pelo simples motivo de que não tinha nada a ver com o mundo moderno. Era um lugar dedicado ao estilo e à música da década de 1950: as pessoas iam por assim dizer fantasiadas, e dançavam algo chamado *lindy hop*. Ao ver aquilo, fiquei mais apavorado do que nunca; mas talvez", disse ele, "o melhor jeito de enfrentar nossos medos seja fantasiá-los, por assim dizer, traduzi-los, pois muitas vezes o simples ato de traduzir torna as coisas inofensivas. É possível se libertar dos hábitos — seria quase possível dizer das restrições — de nossa personalidade e inclinação; me vi entrando na pista de dança", disse Christos, "de mãos dadas com Maria, convencido de que iria cair, mas quando a música começou a tocar — uma música irresistível e feliz, que até hoje não consigo escutar sem que se evapore qualquer indício de melancolia e dúvida —, em vez de cair, dei por mim voando, voando cada vez mais alto, dando volta atrás de volta, tão depressa e tão alto que parecia estar voando para longe até do meu próprio corpo."

Meu telefone tocou em cima da mesa à minha frente. Era o número do meu filho mais novo. Atendi e disse que ligaria para ele mais tarde.

"Eu estou perdido", disse ele. "Não sei onde estou."

Segurei o telefone junto ao peito e disse ao grupo que era uma pequena emergência, e que precisávamos fazer um curto intervalo. Saí e fui até o corredor, onde havia quadros de avisos com listas, anúncios e boletins pregados com tachinhas: apartamentos para alugar, serviços de xerox, shows que iriam acontecer. Perguntei ao meu filho se ele estava vendo alguma placa com um nome de rua.

"Vou olhar aqui", disse ele.

Pude ouvir ao fundo um barulho de tráfego e o ruído da sua respiração. Um tempinho depois, ele me disse o nome da rua, e eu lhe perguntei que raio estava fazendo lá.

"Estou tentando chegar à escola", respondeu ele.

Perguntei por que ele não estava indo para a escola do jeito que eu havia combinado que fosse naquela semana, com seu amigo Mark e a mãe de Mark.

"O Mark não vai à escola hoje", disse meu filho. "Ele está doente."

Eu lhe disse para dar meia-volta e refazer o mesmo caminho pelo qual tinha ido, dizendo-me o nome de cada rua por que passasse, e quando ele chegou à rua certa eu lhe disse para virar nela e seguir em frente. Dali a poucos minutos, durante os quais fiquei escutando sua respiração ofegante e as batidas de seus pés na calçada, ele falou: "Estou vendo, estou vendo o prédio, está tudo bem, estou vendo o prédio".

Você não está atrasado, falei, conferindo meu relógio e calculando a hora na Inglaterra; você tem alguns minutos para recuperar o fôlego. Lembrei-lhe das instruções que ele deveria seguir na direção contrária depois da aula, e disse que lhe desejava um bom dia.

"Obrigado", respondeu ele.

Na sala, o grupo aguardava exatamente do mesmo jeito que eu o havia deixado, com exceção de uma aluna, uma menina nova muito gorda e de aspecto macio, que usava uns óculos pretos de armação grossa e estava comendo um imenso salgado cujo cheiro de carne era um tanto invasivo. Ela segurava a ponta do salgado dentro do saco de papel enquanto ia mordendo a parte de cima devagar, para evitar que caíssem migalhas. Ao seu lado estava sentado um rapaz tão esbelto, moreno e compacto quanto ela era macia e sem forma. Ele levantou a mão rapidamente e tornou a baixá-la. No caminho até ali, falou numa voz baixa, precisa — olhei para baixo à procura do seu nome, que era Aris —, no caminho até ali havia passado pelo cadáver em putrefação de um cachorro jogado na beira da estrada, grotescamente inchado e envolto por enxames de moscas pretas. Ouvira o barulho das moscas de longe, acrescentou, e perguntara-se o que seria. Era um ruído ameaçador e ao mesmo tempo curiosamente belo, contanto que não se pudesse ver a sua origem. Ele não era de Atenas, continuou, mas seu irmão morava ali e tinha lhe oferecido um lugar para passar a semana. Era um apartamento bem pequeno; ele estava dormindo no sofá, num cômodo que também era a cozinha. Dormia com a cabeça bem ao lado da geladeira, em cuja porta estavam grudados vários ímãs que ele não tivera escolha senão examinar, entre eles um de plástico no formato de um par de seios nus, cuja forma era tão grosseira que o mamilo do seio direito estava distintamente descentralizado, dissonância sobre a qual ele havia passado muitas horas refletindo enquanto ficava ali deitado. Seu irmão lavava as roupas na pia da cozinha e as punha para secar penduradas pela sala inteira: trabalhava num escritório, e precisava de camisas limpas todo dia. Todas as cadeiras disponíveis na sala, bem como as prateleiras e os peitoris das janelas, tinham uma camisa pendurada. Ao secar, as camisas haviam adquirido a impressão das formas debaixo delas. Deitado no sofá, ele tinha percebido isso.

A menina ao seu lado agora já havia terminado o salgado e estava entretida dobrando o saco de papel até formar um quadrado perfeito, alisando as dobras com os dedos. Ao erguer o rosto, seus olhos cruzaram com os meus, e na mesma hora largou o quadradinho de papel na mesa à sua frente com uma expressão culpada. Seu nome era Rosa, falou, e não estava certa de que o seu depoimento seria autorizado. Não sabia se tinha entendido direito o exercício. Em todo caso, seu depoimento não era como os outros, e provavelmente não iria valer, mas era tudo em que ela conseguia pensar. Na realidade, não tinha visto nada a caminho dali; a única coisa que acontecera era que ela havia passado pelo parque ao qual sua avó a levava durante a tarde quando ela era menor. Lá havia um parquinho de diversões, com um balanço no qual ela sentava para a avó empurrá-la. Nessa manhã, ao passar, ela tinha visto o parquinho, visto o balanço, e se lembrado da avó e das tardes agradáveis que as duas passavam juntas. Ela se calou. Agradeci-lhe, e ela me encarou com um olhar ameno através das lentes de armação preta.

O tempo estava quase acabando. A mulher sentada imediatamente na minha frente, cujo semblante um pouco espantado estava posicionado abaixo do mostrador do relógio na parede, de modo que na minha percepção as duas formas tinham se fundido ou se conectado a ponto de eu quase ter esquecido que ela estava ali, disse então que tinha sido interessante para ela perceber como reparava pouco no mundo objetivo. Àquela altura — ela estava com quarenta e três anos —, sua consciência estava tão abarrotada não apenas com as próprias lembranças, obrigações, sonhos, conhecimentos, e com a profusão de responsabilidades do seu dia a dia, mas também com as de outras pessoas — acumuladas ao longo de anos de escuta, conversas, identificação, preocupação — que o que mais lhe dava medo era que as fronteiras que separavam esses vários tipos de bagagem mental, as distinções entre eles, ruíssem, de modo que ela não tivesse mais certeza do que havia lhe acontecido e do que havia acontecido com gente que ela conhecia, ou às vezes até do que era real e do que não era. Naquela manhã, por exemplo, sua irmã havia lhe telefonado muito cedo — como nenhuma das duas dorme muito bem, elas muitas vezes se falam nesse horário — para contar sobre a ida dela e do marido à casa de um amigo na noite anterior, onde eles tinham sido convidados para jantar. A amiga tinha acabado de mandar ampliar e reformar inteiramente a cozinha, e o elemento principal era um imenso painel de vidro rebaixado no teto que tornava o espaço tão luminoso e arejado quanto uma catedral.

"Minha irmã", disse ela, "elogiou a amiga por esse efeito espetacular, e a amiga admitiu que na verdade tinha tomado a ideia emprestada de outra amiga, que mandara reformar sua cozinha alguns meses antes. De lá para cá, porém, uma coisa horrível tinha acontecido. A amiga da amiga havia convidado várias pessoas para um jantar. Pouco antes de elas chegarem, tinha reparado numa rachadura minúscula no vidro do painel, como se algo pequeno, mas afiado, tivesse caído sobre ele. Ficara chateada, porque o painel de vidro havia custado uma soma considerável, e como era uma peça inteiriça, ela não via alternativa a não ser substituí-la toda, apesar do fato de apenas um pedacinho ter sido afetado. Os convidados chegaram, e durante o jantar uma tremenda tempestade se abateu sobre Atenas. Chovia torrencialmente quando o grupo sentou para comer debaixo do painel de vidro. Estavam todos maravilhados com o efeito visual e acústico da água no vidro quando, com um imenso gemido e estalo, tudo de repente desabou em cima deles, pois a rachadura no vidro ao que parece tinha enfraquecido a estrutura a ponto de ela não conseguir mais suportar o peso da água que caía."

A mulher fez uma pausa. "Essa história", disse ela, "vocês recordam, me foi contada por minha irmã ao telefone, uma história que nem a havia afetado nem, a rigor, lhe dizia respeito. E como, surpreendentemente, ninguém tinha se machucado, não era uma história que deixasse as pessoas chocadas e que alguém fosse contar por esse motivo. Tampouco afetou a amiga que lhe contara inicialmente, exceto por associação, porque ela possuía no seu teto um painel de vidro do mesmo tipo. Portanto, a história chegou a mim, por assim dizer, de terceira mão, mas é tão real para mim quanto se eu própria a tivesse vivenciado. Passei a manhã inteira atormentada por ela. No entanto, como quase todo mundo, ouço falar de ocorrências terríveis — quase todas muito piores — diariamente, nos jornais e na televisão, e fiquei pensando por que essa em especial tinha se alojado na minha mente entre minhas próprias lembranças e experiências, de modo que eu estava tendo dificuldade para distingui-las entre si. A realidade da minha vida diz respeito sobretudo ao que se costuma chamar de valores de classe média — as pessoas que eu conheço reformam suas casas com frequência, assim como eu mesma, e convidam outras pessoas para jantar nessas casas. Só que tem uma diferença, porque as pessoas da história parecem um pouco mais ricas do que as que eu conheço, a maioria das quais não teria como bancar a instalação de um painel de vidro no teto, mas teria gostado muito de fazê-lo. Minha irmã, porém, frequenta círculos ligeiramente mais abastados do que eu: isso é algo de que tenho consciência, e uma fonte de tensão no nosso relacionamento. Reconheço que sinto uma ligeira inveja da vida social dela e do tipo de gente que ela conhece, e às vezes penso que ela poderia fazer mais para me incluir no mundo mais interessante que ela habita.

"O segundo motivo", continuou ela, "tem a ver com a história em si, e com o pequeno defeito no painel que acabou levando ao seu desabamento total com a pressão: a pressão real da água, e a mais misteriosa e intangível pressão das pessoas debaixo dele, que o admiravam enquanto partiam do princípio absoluto de que ele iria aguentar. Como ele não aguentou, tornou-se motivo de um prejuízo e de uma destruição indizíveis, quase um instrumento do mal, e o simbolismo dessa disposição dos fatos tem certo significado para mim." Ela passou um tempo calada, e o ponteiro sacolejante dos segundos avançou pelo mostrador do relógio acima da sua cabeça. Olhei para o meu diagrama e descobri que ela se chamava Penelope. "Eu gostaria", retomou ela, "de tornar a ver o mundo com mais inocência, com mais impessoalidade, mas não faço ideia de como conseguir isso a não ser indo para um lugar totalmente desconhecido, onde não tenho identidade nem relações. Mas como uma coisa dessas poderia ser realizada, e mesmo onde poderia ser um lugar assim, eu não faço ideia; sem falar nos relacionamentos e responsabilidades em si", concluiu ela, "que me deixam louca, mas ao mesmo tempo tornam impossível escapar deles."

Todos os integrantes do grupo agora tinham falado, com exceção de um, uma mulher cujo nome no meu diagrama era Cassandra e cuja expressão eu fora vendo ficar cada vez mais amargurada conforme a hora avançava, e que havia deixado bem claro o seu desagrado por meio de uma série de grunhidos e suspiros cada vez menos discretos, e agora estava sentada com os braços implacavelmente cruzados, balançando a cabeça. Perguntei-lhe se tinha alguma colaboração antes de concluirmos, e ela respondeu que não. Pelo visto havia se equivocado, falou: tinham lhe dito que aquela era uma aula para aprender a escrever, coisa que, até onde ela sabia, envolvia o uso da imaginação. Não sabia o que eu achava que fora feito ali, e não estava nem um pouco interessada em descobrir. Pelo menos Ryan tinha lhes ensinado alguma coisa, falou. Ela iria pedir aos organizadores que lhe devolvessem seu dinheiro, e faria questão absoluta de lhes dizer o que achava. Não sei quem a senhora é, disse-me ela, levantando-se e recolhendo seus objetos, mas uma coisa eu lhe digo, a senhora é uma péssima professora.

VII

Meu vizinho me perguntou se eu já tinha tido tempo de visitar alguma atração turística. Estávamos outra vez no carro, na estrada barulhenta que levava à marina, com os vidros abaixados e as mangas da camisa dele a sacudir loucamente com a brisa. Eu disse que já estivera em Atenas muitas vezes e que já conhecia as atrações, embora isso não explicasse totalmente por que ainda não sentira vontade nenhuma de visitá-las. Ele ficou surpreso: não tinha se dado conta de que eu estivera ali tantas vezes. Ele próprio, por exemplo, ia sempre a Londres, mas por algum motivo não lhe ocorrera que o mesmo princípio poderia funcionar ao contrário. Quando eu havia estado em Atenas pela última vez? Três anos antes, respondi. Ele passou um tempo calado, com os olhos miúdos semicerrados e um olhar perdido no horizonte.

"Há três anos", falou, num tom de quem filosofa. "Nessa época eu mesmo tinha acabado de me mudar de volta para Atenas."

Perguntei para onde ele tinha ido e por quê, e ele respondeu que havia passado um período morando e trabalhando em Londres. Tinham lhe oferecido um emprego muito bom num banco de lá, continuou, e embora não quisesse particularmente abrir mão da liberdade da sua vida ali, e sobretudo do seu barco, tinha o pressentimento de que talvez fosse a última proposta desse tipo que iria receber. E Atenas na época parecia repleta dos seus fracassos, ou pelo menos de coisas que haviam chegado ao fim e que ele não conseguia encontrar possibilidade alguma de renovar. Na verdade, disse ele, havia ficado bastante surpreso ao receber essa proposta, porque a sua opinião sobre si mesmo tinha se tornado muito ruim. Esse é sempre um momento perigoso, falou, a tomada de uma grande decisão quando você não tem certeza do que merece. Obviamente seus amigos partilhavam dessa opinião, pois todos eles, sem hesitação, o incentivaram a aceitar. Interessante como as pessoas querem que você faça algo que elas mesmas jamais sonhariam em fazer, o entusiasmo com que o conduzem à sua própria destruição: até mesmo as mais gentis, as que se mostram mais amorosas, raramente estão de fato preocupadas com os seus interesses, pois em geral estão lhe dando conselhos de dentro de vidas mais seguras e mais confinadas, nas quais fugir não é uma realidade, mas apenas algo com que elas às vezes sonham. Talvez, disse ele, sejamos todos como animais no zoológico, e quando vemos que um de nós saiu da jaula, nós gritamos para ele correr feito louco, muito embora o único resultado disso seja que ele vai se perder.

Falei que essa imagem me lembrava a cena de uma ópera de que eu gostava — na verdade eu havia encontrado uma gravação dessa ópera no apartamento de Clelia — chamada *Aventuras da raposa astuta*, na qual uma raposa é capturada por um caçador e posta numa fazenda junto com os outros animais. Ele fica com a raposa porque a ama apesar do fato de ela ser destrutiva, e para ela também essa atenção tem um valor, embora a consequência seja o cativeiro. Mas a natureza da raposa a leva a buscar a liberdade, e certo dia ela foge da fazenda e consegue voltar para a floresta; em vez de se sentir liberta, porém, fica apavorada, pois esqueceu como é ser livre. Ele não conhecia essa ópera, disse meu vizinho; no entanto, havia admitido a perspectiva do emprego em Londres com uma espécie de fatalismo às avessas, como se ele só pudesse alcançar a liberdade da sua vida ao preço de se sujeitar a algum controle. Ele, descendente de playboys e milionários, finalmente saberia o que é a escravidão de um trabalho de nove às cinco: vendeu sua casa em Atenas, comprou um pequeno apartamento numa parte valorizada da capital inglesa e tirou o barco da água. Essa foi a única vez, disse ele, nos seus vinte e cinco anos de existência, que o barco saiu do elemento em que vive. Tomou providências para que o barco ficasse guardado num armazém no centro de Atenas; até hoje é difícil fazer com que entendam a emoção que sentiu ao vê-lo ser retirado do mar e posto na caçamba de um caminhão, que ele foi seguindo de carro por todo o trajeto, e em seguida enterrado dentro de seu contêiner nas profundezas da cidade. E então lá foi ele para Londres, com o pressentimento de que ele próprio estava prestes a amargar um destino bem parecido.

Perguntei-lhe o que o trouxera de volta desse sepultamento, e ele sorriu. Um telefonema, respondeu. Era o segundo inverno que ele passava em Londres, e estava afundado numa existência sem graça e solitária, avançando a duras penas pela chuva para o escritório e de volta para casa, trabalhando dezoito horas por dia no banco e comendo comida de caixinha tarde da noite na sua prisão acarpetada, quando o dono do armazém em Atenas ligou para dizer que houvera um arrombamento e que o motor do barco fora roubado. No dia seguinte, ele pediu as contas e pegou um avião de volta. Que revigorante, falou, que estimulante sentir tamanha certeza. Quase passara a acreditar ser uma pessoa sem sentimentos definidos em relação a nada, particularmente uma vez que a história de seus amores o conduzira a tamanhos pântanos de fracasso, mas esse ataque à sua propriedade o fizera retornar à alegria e à vida como se ele houvesse ganhado na loteria. Pela primeira vez em anos ele sabia o que queria. A primeira coisa que fez ao voltar foi comprar o melhor motor que conseguira encontrar, embora admitisse que tinha um pouco mais de potência do que ele necessitava.

Estávamos agora nos aproximando da marina, e ele perguntou se eu não gostaria de parar para tomar um café ou beber alguma coisa antes de zarparmos. Não havia motivo para pressa, afinal; tínhamos todo o tempo do mundo. Parecia se lembrar de ter ouvido dizer que um lugar novo acabara de abrir em algum ponto na praia; tirou o pé do acelerador e diminuiu a velocidade, espiando pelo para-brisa a estrada empoeirada e sua sequência de bares e restaurantes, diante dos quais ficavam a areia e o mar com sua franja de espuma. Deu uma guinada abrupta para o acostamento de terra batida e parou em frente a um lugar com palmeiras dentro de vasos brancos em forma de cubo e com uma varanda aberta para o mar ocupada por conjuntos de móveis brancos em forma de cubo. Ouvia-se um som de jazz, e garçons vestidos de preto deslizavam por entre os móveis vazios à sombra de um toldo branco assimétrico que parecia uma vela gigante. Ele me perguntou se estava o.k. Falei que parecia muito impressionante, e saltamos do carro e fomos nos sentar a uma mesa ao lado de uma das palmeiras.

Era importante lembrar de se divertir pelo caminho, disse meu vizinho: em certo sentido, essa havia se tornado ultimamente sua filosofia de vida. Sua terceira mulher, disse ele, era tão puritana que ele às vezes sentia que nenhuma quantidade de pitstops e pausas poderia compensar os anos passados com ela, nos quais todos os acontecimentos eram encarados sem anestesia, e cada pequeno prazer era questionado e ou considerado desnecessário, ou então anotado — com acréscimo de impostos, disse ele — num caderninho que ela carregava o tempo todo para esse fim. Nunca havia conhecido ninguém que fosse, de modo tão sem mediação, o produto da própria família, um lar calvinista obcecado por economizar e evitar o desperdício, embora ela, disse ele, tivesse um fraco pela

125

Fórmula 1, ao qual às vezes se entregava assistindo às corridas pela televisão, particularmente fascinada pelas cenas do vencedor esguichando o público que o aplaudia com champanhe desperdiçado. Ele a conhecera numa fase em que as suas finanças estavam devastadas por causa do seu segundo divórcio, de modo que o seu canto de parcimônia soara, por um breve tempo, como música aos seus ouvidos. No casamento, indagada pelos amigos o que via nele — pergunta razoavelmente pertinente na ocasião, admitiu meu vizinho —, ela havia respondido: eu o acho interessante.

Ele pediu dois cafés para um dos garçons em volta, e passamos algum tempo observando as pessoas na praia ali debaixo do nosso abrigo na sombra, seus corpos desnudos borrados pelo tremeluzir do sol e lhes dando um aspecto de certo modo primordial, deitados ou então se movendo devagar, seminus, pela faixa de areia. Eu disse que aquele não me parecia um motivo tão ruim assim para casar com alguém, e ele desviou os olhos para o mar com uma expressão um pouco sombria. Apesar de já ter quase quarenta anos quando os dois se conheceram, ela não sabia absolutamente nada sobre o lado físico da vida, falou. Depois da sedução consciente da segunda mulher, sua pureza e simplicidade o atraíram, mas a verdade é que ela era uma mulher totalmente desprovida de romantismo, totalmente desprovida de sexo, e a existência comparável à de uma freira que tivera até então — e, até onde ele sabia, fora retomada após a sua separação — não era consequência de uma falta de oportunidade, mas sim o reflexo exato do seu temperamento. O aspecto íntimo do seu casamento tinha sido um desastre total, pois depois que geraram um filho, o que havia acontecido quase de imediato, ela simplesmente não conseguia entender por que ainda havia alguma necessidade de os dois terem relações. Aquilo fora um baque para ele, e algo que ele se esforçara muito para evitar, mas certa noite ela lhe perguntou com muita franqueza quantas vezes mais deveria esperar que ele exigisse dela a participação em um ato que ela claramente considerava tanto desprazeroso quanto incompreensível, e depois disso ele desistira.

Admitia porém, disse ele, que com essa mulher tinha tido seu primeiro e único vislumbre de um tipo diferente de relacionamento, na verdade de um tipo diferente de vida, baseado em princípios nos quais jamais prestara atenção: decência, igualdade, virtude, honra, sacrifício pessoal, além da economia, claro. Tinha um grande bom senso, além de uma noção infalível de disciplina, rotina e administração doméstica, e ele constatou que tanto as suas finanças quanto a sua saúde passaram a gozar de uma condição melhor do que em muitos anos. Seu lar era calmo e bem administrado, e tinha na previsibilidade — algo que ele sempre evitara ativamente, algo que quase se poderia dizer que temera — seu princípio mais valorizado. Ela lhe lembrava sua mãe, e na realidade se revelou que era assim que esperava que ele a chamasse, "mãe", quando ela, da mesma forma, o chamaria de "pai", pois era assim que os pais dela sempre haviam chamado um ao outro e era a única forma que ela conhecia. Para ele, evidentemente, isso tinha sido mais um prego no caixão, mas mesmo assim ele precisava admitir que ela nunca tinha sido aproveitadora, nem boba, nem egoísta: era e continuava sendo uma excelente mãe para o seu filho, que era o único de todos os seus filhos — ele precisava de novo admitir — que ele poderia classificar de estável e ajustado. Não tentou destruí-lo no processo do divórcio, mas em vez disso aceitou sua parte da responsabilidade pelo acontecido, de modo que juntos os dois pudessem decidir a melhor forma de organizar as coisas, para si mesmos e para o filho. Eu percebi, disse ele, que todo o meu entendimento da vida tinha sido, de certa forma, profundamente conflituoso: para mim, a história de homens e mulheres era no fundo uma história de guerra, a ponto de eu às vezes me perguntar se na realidade tinha horror da paz, se tentava causar agitação por um medo do tédio que, seria possível dizer, era também um medo da própria morte. Quando nos conhecemos, eu disse a você que considero o amor — o amor entre homem e mulher — o grande regenerador de felicidade, mas ele é também o grande regenerador de interesse. Ele talvez seja o que você chamaria de enredo — ele sorriu — e portanto, disse ele, apesar de todas as qualidades da minha terceira mulher, eu descobri que uma vida sem intriga, no fim das contas, não era uma vida que eu pudesse viver.

Ele pagou a conta, dispensou minhas ofertas de dinheiro após uma breve, porém perceptível, hesitação, e nos levantamos para partir. No carro, perguntou-me como tinha sido a aula naquela manhã, e eu me peguei lhe contando sobre a mulher que havia me atacado, sobre a minha percepção — durante todo o tempo — de seu ressentimento e raiva crescentes, e sobre a minha certeza cada vez maior de que em algum momento ela iria atacar. Ele escutou, grave, enquanto eu relatava os detalhes da sua invectiva, cujo pior aspecto, falei, era o seu elemento impessoal, que tinha feito eu me sentir um nada, uma não entidade, muito embora ela estivesse me dedicando, por assim dizer, toda a sua atenção. Esse sentimento, de ser negada ao mesmo tempo que era exposta, tivera sobre mim um efeito particularmente forte, falei. Aquilo parecera condensar algo que, a rigor, não existia. Ele passou algum tempo em silêncio enquanto seguíamos em direção à marina. Parou o carro e desligou o motor.

"Eu estava em casa hoje de manhã", falou, "em casa na minha cozinha, preparando um copo de suco de laranja, e de repente tive o sentimento muito forte de que alguma coisa ruim estava acontecendo com você." Ele encarou pelo retrovisor a água cintilante na qual as embarcações brancas se moviam para lá e para cá. "Acho isso bastante extraordinário", falou, "esse sinal muito claro que recebi. Lembro-me até de olhar para o relógio: deve ter sido exatamente nessa hora que lhe mandei a mensagem perguntando se você gostaria de sair de barco outra vez hoje. Estou certo?" Eu sorri e disse que era verdade, tinha recebido a mensagem mais ou menos na mesma hora. "Isso é muito raro", disse ele. "Uma conexão muito forte."

Ele desceu do carro e eu o observei avançar, com seu passo levemente gingado, até a beira da água, onde ele se abaixou para puxar a corda ensopada. Repetimos a mesma rotina do dia anterior, eu esperando enquanto ele aprontava tudo no convés, depois o *pas de deux* cortês com o qual trocamos de lugar, passando a corda de mão em mão. Uma vez tudo pronto, ele ligou o motor e nos afastamos resfolegando do atracadouro, do calor do cais e do estacionamento que parecia um campo de metais brilhantes em meio à poeira, com o sol a se refletir e reluzir nas vidraças escuras. Dessa vez não fomos tão depressa quanto na véspera; se foi por consideração ou porque, já tendo demonstrado seu poder, meu vizinho podia agora poupar suas energias, eu não sei. Fiquei sentada no banco estofado, com as costas nuas dele novamente em frente aos olhos, o vento a fustigar o convés, e pensei nas estranhas transições do encantamento para o desencantamento e de volta ao encantamento que percorriam as questões humanas como nuvens, às vezes portentosas e cinzas, outras vezes simples formas distantes e inescrutáveis que escondiam o sol por um segundo e então, com o mesmo desinteresse, tornavam a revelá-lo. Meu vizinho me disse, por sobre o barulho do motor, que estávamos naquele exato momento passando pelo promontório e pelo templo de Súnio, de cujos morros, na mitologia grega, o pai de Teseu se atirou ao ver o navio do filho voltar à terra ostentando a vela negra que comunicava, erradamente, a notícia da sua morte. Olhei e vi ao longe um templo em ruínas que parecia um pequeno diadema quebrado no alto do morro, pouco antes de a terra despencar de encontro ao mar.

Mensagens contraditórias, continuou meu vizinho enquanto nos aproximávamos da enseada e começávamos a diminuir a velocidade, eram um dispositivo narrativo cruel que às vezes tinha sua correspondência na vida: o seu próprio irmão, o que morrera poucos anos antes, um homem querido e generoso, tivera seu infarto fatal enquanto esperava um amigo chegar para o almoço. Tinha dado ao amigo — que além de tudo por acaso era médico — o endereço errado, pois acabara de se mudar para um apartamento novo e ainda não havia decorado todos os detalhes, e portanto, enquanto seu amigo o procurava numa rua de nome parecido do outro lado da cidade, ele estava caído no chão da cozinha com a vida a se esvair, uma vida, além do mais, que ao que parecia poderia com facilidade ter sido salva caso alguém o houvesse socorrido a tempo. Seu irmão mais velho, o recluso milionário suíço, tinha reagido a esses acontecimentos mandando instalar no seu apartamento um complexo sistema de alarmes, pois embora fosse um homem que jamais esqueceria o próprio endereço, era também uma pessoa que não tinha sequer um amigo, era pão-duro, e jamais na vida recebera um convidado para almoçar; e de fato, quando o infarto dele aconteceu — algo que os antecedentes médicos da sua família tornava provável —, ele simplesmente apertou o botão de emergência mais próximo e, minutos depois, estava a bordo de um helicóptero sendo levado para uma unidade cardíaca de primeira linha em Genebra. Às vezes valia mais, disse ele — e estava agora pensando no pai de Teseu —, não aceitar um não como resposta, quase por uma questão de princípio.

Falei que eu, pelo contrário, tinha passado a acreditar cada vez mais nas virtudes da passividade, e em levar uma vida o menos contaminada possível pela vontade. Podia-se fazer quase qualquer coisa acontecer tentando com afinco suficiente, mas tentar — assim me parecia — era quase sempre um sinal de que a pessoa estava atravessando as correntezas, forçando os acontecimentos numa direção em que eles não queriam ir naturalmente, e embora fosse possível argumentar que nada nunca podia ser realizado sem contrariar em alguma medida a natureza, eu havia — para ser bem direta — passado a odiar o caráter artificial dessa visão e as suas consequências. Havia uma diferença grande, falei, entre as coisas que eu queria e as que pelo visto podia ter, e até que eu tivesse de uma vez por todas me conciliado com esse fato decidira não querer absolutamente nada.

Meu vizinho passou um tempo considerável calado. Guiou o barco até a enseada deserta, onde as aves marinhas estavam pousadas nas pedras e a água rodopiava em seu pequeno braço de mar, e tirou a âncora de seu compartimento. Inclinou-se por cima de mim para jogá-la por cima da amurada, e foi soltando a corrente devagar até sentir que ela havia tocado o fundo.

"Não houve mesmo ninguém?", perguntou ele.

Sim, respondi, houve alguém. Continuávamos muito bons amigos. Mas eu não quisera levar adiante. Estava tentando encontrar um jeito diferente de viver no mundo.

Agora que tínhamos parado, o calor havia se intensificado. O sol batia diretamente no banco estofado em que eu estava sentada, e o único pedaço de sombra se localizava bem embaixo do toldo, onde meu vizinho estava recostado na lateral do barco de braços cruzados. Teria sido esquisito ir ficar lá junto com ele. Eu podia sentir a pele das costas queimando. Bem nessa hora ele se moveu, mas foi apenas para recolocar a tampa do compartimento em que guardava a âncora, e então voltou para a posição anterior. Ele entendia que eu ainda estava sofrendo muito, falou. Estar comigo o fizera recordar episódios da sua vida nos quais ele não pensava havia muitos anos, e o estava fazendo revisitar ele próprio alguns desses sentimentos. Seu primeiro casamento, disse ele, realmente acabara no dia em que eles haviam organizado uma grande festa de família, um almoço ao qual todos os parentes de ambos os lados tinham sido convidados e que ocorrera em sua casa no subúrbio de Atenas, uma casa grande o suficiente e luxuosa o suficiente para acomodar a todos. A festa tinha sido um sucesso, tudo fora comido, bebido e arrumado, e os convidados por fim haviam partido, e meu vizinho, exausto, deitara no sofá para tirar um cochilo. Sua mulher estava na cozinha lavando o que restava da louça, as crianças estavam em algum lugar lá fora brincando, uma partida de críquete progredia lentamente na televisão, e em meio a essa cena de contentamento doméstico meu vizinho pegou num sono profundo.

Por um instante, ele ficou calado, recostado na lateral do barco, os braços carnudos cobertos de pelos brancos com seus cordões de veias cruzados diante do peito.

"Eu acho", retomou ele pouco depois, "que o que a minha mulher fez em seguida foi premeditado, que ela me viu deitado ali e teve a intenção de arrancar uma confissão de mim de surpresa. Ela foi até o sofá e me sacudiu pelo ombro, me fez acordar de um sono muito profundo, e antes mesmo de eu saber onde estava ou ter tempo para pensar, me perguntou se eu estava tendo um caso. De tão atarantado, não consegui fingir a tempo, e embora eu não ache que tenha chegado a confessar, deixei espaço para dúvida o bastante para confirmar as desconfianças dela; e dali", disse ele, "partiu a discussão que pôs fim ao nosso casamento e me fez, pouco depois, sair de casa. Constato que ainda não consigo perdoá-la", disse ele, "pelo modo como ela usou deliberadamente um momento de vulnerabilidade para extrair de mim algo em relação ao qual já tinha uma ideia preconcebida. Isso até hoje me dá raiva", disse ele, "e na verdade eu acho que isso condicionou o formato de tudo que aconteceu depois, a indignação virtuosa dela e sua recusa em aceitar qualquer parcela de culpa pela nossa situação, e o modo punitivo como me tratou durante o nosso divórcio. E é claro que ninguém", disse ele, "poderia dizer que ela estava errada pelo simples fato de me acordar de um cochilo, muito embora não houvesse motivo algum para me acordar e eu tivesse sido capaz de passar horas dormindo. No entanto eu acredito, como já falei, que foi justamente esse ato desonesto que deu origem ao veneno, pois as pessoas ficam menos predispostas a perdoar quando elas próprias foram desonestas, como se quisessem extrair de você sua inocência a qualquer preço."

Escutei em silêncio essa confissão, se é que era mesmo uma confissão. Constatei que estava decepcionada com ele, e essa descoberta me fez sentir, pela primeira vez, medo dele. Algumas pessoas, falei, poderiam achar essa acusação um pouco egoísta. Pelo menos ela o acordou, falei: poderia simplesmente ter matado você com uma bordoada ali mesmo.

"Não foi nada", respondeu ele, descartando o assunto com um gesto, "uma estupidez, um flerte de escritório que saiu do controle."

Quando ele disse isso, vi uma expressão de tamanha culpa atravessar seu rosto que tive a sensação de que a cena do sofá estava sendo reencenada diante dos meus olhos, todos aqueles anos depois. Pude ver que ele mentia mal, e era difícil, falei, não sentir empatia pela sua mulher, a mãe dos seus filhos, embora é claro essa não fosse a reação que ele desejava à sua história. Ele deu de ombros. Por que deveria assumir toda a culpa, falou, pelo fato de o casamento — que, afinal de contas, praticamente começara com seu noivado quando os dois ainda eram adolescentes — ter se tornado, se não um tédio, então cômodo a ponto de causar torpor? Se ele tivesse sabido que as consequências seriam — ele não completou a frase.

133

Bem, mesmo nesse caso algo do tipo teria sido inevitável, reconheceu. Seu romance clandestino, por mais insignificante que fosse, o tinha atraído como as luzes de uma cidade vistas de longe. Ele fora atraído nem tanto para aquela mulher específica quanto para o conceito da emoção em si, perspectiva que parecia — como ele tinha dito, de muito longe — acolhê-lo com sua vastidão e sua luz, oferecer-lhe um anonimato que poderia também constituir uma reavaliação de todo o seu eu, ele que era conhecido de modo tão completo, e no entanto tão limitado pela mulher, e antes disso pelos pais, irmãos e irmãs, tios e tias. Fora para se libertar do conhecimento que eles tinham dele que buscou aquele mundo mais luminoso, que era bem verdade, quando jovem, cometera o erro de acreditar ser bem mais vasto do que de fato era. Tinha se desiludido mais vezes do que era capaz de enumerar nos seus relacionamentos com as mulheres. No entanto, parte dessa sensação — a sensação de emoção que é também um renascimento da identidade — acompanhou todas as suas experiências de se apaixonar; e no final, apesar de tudo que aconteceu, esses foram os momentos mais fascinantes da sua vida.

Eu disse que estranhava como ele podia não ver o vínculo entre desilusão e conhecimento no que havia me contado. Se ele só podia amar aquilo que não conhecia, e ter seu amor correspondido nessas mesmas bases, então o conhecimento se tornava um desencanto inexorável para o qual o único remédio era se apaixonar por outra pessoa. Fez-se um silêncio. Ele ficou ali parado, com um aspecto subitamente desgrenhado e velho, com os braços peludos cruzados por cima da pança, o calção de banho pendurado entre as pernas, o rosto anguloso quase fossilizado em sua expressão intrigada. O silêncio se prolongou, ali em meio à água reluzente e ao sol ofuscante. Tomei consciência do ruído da água batendo nas laterais do barco, dos gritos agudos das gaivotas em suas pedras, do leve barulho de motores vindo do continente. Meu vizinho levantou a cabeça e olhou para o mar, queixo erguido, olhos perscrutando o horizonte. Havia em sua postura uma certa rigidez, um constrangimento, como o de um ator prestes a declamar uma fala conhecida demais.

"Eu tenho me perguntado", disse ele, "por que sinto tanta atração por você."

Ele falou de modo tão eloquente que não pude evitar rir. Isso pareceu espantá-lo e lhe causar uma certa incompreensão, mas mesmo assim ele começou a vir na minha direção, a sair da sombra para o sol, num movimento ao mesmo tempo pesado e inexorável, como uma criatura pré-histórica emergindo de sua caverna. Ele se abaixou, dando a volta de modo desajeitado no cooler pousado aos meus pés, e tentou me abraçar pelo lado, passando um braço em volta dos meus ombros enquanto tentava fazer seu rosto encostar no meu. Pude cheirar seu hálito, e senti suas sobrancelhas peludas e grisalhas roçarem a minha pele. O grande bico que era o seu nariz surgiu imenso na periferia do meu campo de visão, e suas mãos que pareciam garras cobertas por uma pelagem branca tentaram segurar meus ombros; por um segundo, senti-me envolvida pelo seu cinza e pela sua secura, como se a criatura pré-histórica estivesse me abraçando com suas asas iguais às de um morcego, senti sua boca cheia de escamas errar o alvo e resvalar às cegas para a minha bochecha. Durante todo esse tempo, permaneci rigidamente parada, com os olhos fixos à frente cravados no volante, até ele finalmente recuar de volta para a sombra.

Falei que precisava sair do sol e que iria dar um mergulho, e ele aquiesceu sem dizer nada, olhando para mim. Pulei pela amurada e saí nadando pela enseada, recordando a família no barco que estava ali da última vez e sentindo uma estranha dor, quase uma saudade deles, que se transformou numa saudade dos meus próprios filhos, que de repente pareceram tão distantes a ponto de ser difícil acreditar que eles existiam. Nadei pelo máximo de tempo que consegui, mas no final voltei para o barco e subi a escada devagar. Meu vizinho estava ocupado com alguma tarefa, desamarrando e ajustando as cordas estreitas que prendiam as boias penduradas ao longo das amuradas. Fiquei em pé no convés, pingando e olhando para ele, com uma toalha sobre os ombros onde a pele ardia por causa do sol. Ele estava com um canivete na mão, um grande canivete suíço com uma lâmina comprida e serrilhada, e ia cortando com grande determinação as pontas desfiadas das cordas, com os grossos braços a se avolumar enquanto serrava. Tornou a prender as cordas enquanto eu observava, então cruzou o convés na minha direção, ainda com o canivete na mão. Perguntou se o mergulho tinha sido agradável.

Sim, respondi. Obrigada, falei, por se dar ao trabalho de me trazer a um lugar tão bonito. Mas ele precisava entender, falei, que eu não estava interessada num relacionamento com homem nenhum, não agora, e provavelmente nunca mais. O sol batia no meu rosto de modo desconfortável enquanto eu falava. O que eu mais valorizava era a amizade, falei, enquanto ele brincava com o canivete na mão e abria e fechava as diferentes lâminas. Fiquei olhando os pedacinhos de aço surgirem e desaparecerem entre os seus dedos, cada qual com seu formato distinto, alguns compridos, estreitos e afiados, outros estranhamente pontudos e curvos. E agora, falei, se ele não se importasse, seria melhor nós voltarmos.

Bem devagar, ele inclinou a cabeça. Claro, falou; ele também tinha coisas a fazer. Se eu pudesse só esperar enquanto ele se refrescava um pouco, em seguida partiríamos. Enquanto ele nadava em linha reta com seu crawl pesado e efêmero, seu telefone começou a tocar em algum lugar do convés. Fiquei ali sentada sob o sol enquanto o aparelho tocava e tocava, esperando que parasse.

VIII

Minha amiga Elena era muito bonita: Ryan ficou fora de si. Estava andando pela rua quando nos vira sentadas num bar. Ela é de outro nível, falou quando ela pediu licença e se retirou para dar um telefonema. Elena tinha trinta e seis anos, era inteligente, vestia-se com extremo bom gosto. Ela é de uma categoria inteiramente diferente, disse ele.

O bar ficava numa rua lateral estreita e tão íngreme que as cadeiras e mesas eram inclinadas e bambas sobre a calçada irregular. Eu acabara de ver uma mulher, uma turista, cair para trás em cima de um vaso enquanto suas sacolas de compras e seus guias de viagem saíam voando em todas as direções à sua volta, e o marido ficava sentado perplexo na cadeira, pelo visto mais envergonhado do que preocupado. Ele tinha um binóculo pendurado no pescoço e calçava botas de caminhada que permaneceram cuidadosamente encolhidas sob a mesa enquanto sua mulher agitava os braços em meio às plantas secas e cheias de espinhos. Depois de algum tempo, ele estendeu um braço por cima da mesa para ajudá-la a se levantar, mas ela não conseguiu alcançá-lo, de modo que teve de se levantar sozinha.

Perguntei a Ryan o que ele tinha feito durante o dia, e ele respondeu que fora a um ou dois museus, depois passara a tarde passeando na Ágora, embora, para ser sincero, estivesse um pouco cansado. Tinha ficado acordado até tarde com alguns dos alunos mais novos, falou. Eles o tinham levado a uma série de bares, cada um a uns bons quarenta minutos a pé do outro. Senti a idade pesar, disse ele. Só queria beber alguma coisa — não me importava onde nem como, e com certeza não precisava andar até o outro lado da cidade para beber sentado num sofá em forma de boca. Mas eles são um pessoal bacana, falou. Tinham lhe ensinado algumas palavras em grego — ele não sabia se serviriam para alguma coisa, já que a sua pronúncia era muito ruim, mas mesmo assim era interessante ter uma ideia das coisas do ponto de vista verbal. Não tinha noção de quantos significados da língua inglesa provinham de termos em grego. Tinham lhe dito, por exemplo, que a palavra "elipse" podia literalmente ser traduzida como "esconder-se atrás do silêncio". É fascinante, disse ele.

Elena voltou e tornou a se sentar. Sua aparência nessa noite estava particularmente digna de uma sereia. Ela parecia composta inteiramente por curvas e ondas.

"Minha amiga vai nos encontrar daqui a pouco", falou, "num lugar não muito longe daqui."

Ryan ergueu uma das sobrancelhas.

"Vocês estão indo a algum lugar?"

"Vamos encontrar Melete", respondeu Elena. "Conhece esse nome? Ela é uma das mais importantes poetas lésbicas aqui da Grécia."

Ryan falou que na verdade estava exausto; talvez não pudesse nos acompanhar. Fora dormir tarde, falou. E depois, ao voltar para o apartamento às três da manhã, encontrara grandes insetos alados parecidos com escaravelhos voando por toda parte, e tivera de matar todos com o sapato. Alguém, não ele, tinha deixado uma luz acesa e uma janela aberta. Mesmo assim, ficara impressionado com o fato de ligar tão pouco para a alegre carnificina dos danados; quando era mais novo, teria ficado com medo. A pessoa fica corajosa pela simples razão de ter um filho, falou. Ou talvez fique apenas desinibida. Ele sentira isso na noite anterior ao socializar com pessoas de vinte e poucos anos. Esquecera-se de como elas eram tímidas fisicamente.

O crepúsculo rápido e quente estava baixando, e em pouco tempo a escuridão preencheu a rua estreita. O homem de botas de caminhada e a mulher tinham ido embora. O telefone de Ryan tocou e ele o pegou para atender e nos mostrou a foto de uma criança sorridente e desdentada que pulsava na tela. Deve estar na hora de dormir, falou; até mais. Ele se levantou, e com um aceno da mão afastou-se colina abaixo, falando ao telefone. Elena pagou a conta com seu cartão de crédito do trabalho — ela trabalhava numa editora, então, a rigor, poderíamos considerar que o nosso encontro era profissional, falou — e subimos em direção às luzes e ao barulho da rua principal. Ela seguiu trotando ao meu lado com passos rápidos e leves das sandálias de salto; seu vestido era uma túnica de malha no mesmo tom dourado-escuro de seus longos cabelos ondulados. Todos os homens por quem passávamos olhavam para ela, um depois do outro. Atravessamos a praça Kolonaki, agora vazia com exceção de uma ou duas silhuetas escuras encolhidas sobre os bancos. Havia uma mulher sentada numa das muretas baixas de concreto, com as pernas estranhamente salpicadas de lama seca, comendo bolachas de um pacote. Perto dela, um menininho em frente ao quiosque examinava os chocolates. Pegamos uma ruela e fomos dar numa pracinha abarrotada e tomada pelo ruído das pessoas que lotavam os terraços dos restaurantes em todos os quatro cantos, com os rostos realçados pela luz elétrica no escuro. O calor, o barulho e a luz elétrica no escuro criavam uma atmosfera de animação monótona, como uma onda a quebrar continuamente, e embora os restaurantes parecessem indistinguíveis, Elena passou por vários antes de parar muito decidida em frente a um deles. Era ali, falou; Melete tinha dito para pegarmos uma mesa e esperarmos por ela ali. Ela serpenteou entre as mesas e foi falar com um garçom, que ficou parado, implacável como um policial, e começou a balançar a cabeça à medida que ela falava.

"Ele está dizendo que estão lotados", disse ela, arrasada, deixando os braços caírem junto ao corpo.

Sua decepção foi tão intensa que ela não se moveu, mas continuou de pé entre as mesas, encarando-as como se quisesse que elas se rendessem ao seu desejo. O garçom, ao assistir a esse espetáculo, pareceu mudar de ideia: decidiu que havia lugar, sim, se estivéssemos dispostas a nos sentar — traduziu Elena — naquele canto ali. Ele nos mostrou a mesa, que Elena examinou como se no fim das contas talvez não fosse aceitá-la. Fica um pouco perto demais da parede, disse-me ela. Acha que vamos ficar bem ali? Eu disse que não me importava em sentar perto da parede; se quisesse, ela poderia ficar com a cadeira mais afastada.

"Por que você usa essas roupas escuras?", perguntou-me ela depois que nos sentamos. "Eu não entendo. Sempre uso roupas claras quando está quente. E você parece ter pegado um pouco de sol demais", acrescentou. "Entre os ombros, aqui, a pele está queimada."

Eu lhe disse que tinha passado a tarde num barco, com uma pessoa que não conhecia bem o suficiente para pedir que passasse protetor nas minhas costas. Ela perguntou quem era. Um homem?

Sim, falei, um homem que eu tinha conhecido no avião e com quem acabara conversando. Os olhos de Elena se arregalaram de surpresa.

"Eu não teria achado provável", disse ela, "que você fosse sair de barco com um total desconhecido. Como ele é? Você gosta dele?"

Fechei os olhos e tentei invocar meus sentimentos pelo meu vizinho de poltrona. Quando tornei a abri-los, Elena ainda estava olhando para mim, à espera. Eu disse que tinha ficado tão desacostumada a pensar nas coisas em termos de se gostava delas ou não que não conseguia responder àquela pergunta. Meu vizinho era apenas um exemplo perfeito de algo em relação ao qual eu só conseguia sentir uma ambivalência absoluta.

"Mas mesmo assim você deixou que ele a levasse para sair no seu barco", disse ela.

Estava calor, falei. E os termos nos quais tínhamos deixado o porto eram termos estritamente de amizade — ou assim eu pensava. Descrevi sua tentativa de me beijar quando estávamos ancorados pelo mar afora. Disse que ele era velho, e que embora fosse cruel chamá-lo de feio, eu havia considerado suas investidas físicas tanto repulsivas quanto surpreendentes. Jamais me ocorrera que ele fosse fazer algo assim; ou, mais exatamente, antes de ela comentar que eu teria de ser uma imbecil para não ter visto isso como uma possibilidade, pensei que ele não se atreveria a fazer uma coisa dessas. Tinha pensado que as diferenças entre nós dois eram óbvias, mas para ele não eram.

Ela esperava que eu tivesse deixado aquilo bem claro para ele, disse Elena. Eu disse que, pelo contrário, tinha inventado todo tipo de desculpas para preservar seus sentimentos. Ela passou algum tempo calada.

"Se você tivesse lhe dito a verdade", disse ela pouco depois, "se tivesse dito olhe, você é velho, baixo e gordo, e embora eu goste de você, o único motivo pelo qual estou realmente aqui é para passear no seu barco" — ela começou a rir e abanou o rosto com o cardápio —, "se tivesse dito essas coisas para ele, entende, você teria escutado algumas verdades em resposta. Se tivesse sido franca, teria provocado a franqueza."

Ela própria, disse Elena, tinha visitado as profundezas da desilusão com o temperamento masculino sendo honesta exatamente daquele jeito: homens que num minuto afirmavam estar morrendo de amores por ela se tornavam abertamente ofensivos no minuto seguinte, e em certo sentido era apenas após chegar a esse lugar de franqueza mútua que ela conseguia entender quem era e o que de fato queria. O que não podia suportar, falou, era qualquer tipo de fingimento, sobretudo o fingimento do desejo, quando alguém fingia ter a necessidade de possuí-la por completo quando na verdade o que queria era usá-la temporariamente. Ela própria, afirmou, estava bastante disposta a usar os outros também, mas só reconhecia isso depois que eles próprios admitiam essa mesma intenção.

Sem que Elena visse, uma mulher magra com o rosto que lembrava uma raposa estava se aproximando da nossa mesa. Calculei que fosse Melete. Ela chegou de fininho por trás da cadeira de Elena e pousou a mão no seu ombro.

"Yassas", falou, grave.

Estava usando um colete e uma calça comprida pretos, masculinos, e seus cabelos curtos e lisos caíam como duas asas negras lustrosas de um lado e outro do rosto estreito, tímido e pontudo.

Elena se virou na cadeira para cumprimentá-la.

"Você também!", exclamou. "Essas roupas escuras, vocês duas... por que vocês sempre usam coisas escuras?"

Melete não se apressou para responder essa pergunta. Sentou-se na cadeira vazia, recostou-se, cruzou as pernas, tirou do bolso do colete um maço de cigarros e acendeu um.

"Elena", falou, "não é educado comentar sobre a aparência dos outros. O que escolhemos vestir é problema nosso." Ela estendeu a mão por cima da mesa e apertou a minha. "Quanto barulho aqui hoje", falou, olhando em volta. "Acabei de participar de uma leitura de poesia cujo público foi de seis pessoas. O contraste é bem marcante."

Ela pegou a carta de vinhos em cima da mesa e começou a estudá-la enquanto o cigarro soltava fumaça entre seus dedos, seu nariz fino se remexia de leve, e seus cabelos lustrosos caíam para a frente por cima das bochechas.

Uma das seis pessoas, acrescentou ela, erguendo os olhos, era um homem que comparecia a quase todas as suas aparições públicas e ficava sentado na primeira fila fazendo careta para ela. Isso já vinha acontecendo havia muitos anos. Ela erguia os olhos do atril, não só em Atenas mas em outras cidades um tanto distantes, e ali estava ele, bem na sua frente, pondo a língua para fora e fazendo gestos grosseiros.

"Mas você o conhece?", indagou Elena, espantada. "Já falou com ele?"

"Fui professora dele", respondeu Melete. "Ele foi meu aluno na graduação muito tempo atrás, quando eu dava aulas na universidade."

"E o que fez com ele? Por que ele atormenta você desse jeito?"

"Devo supor que ele não tem motivo", disse Melete, tragando o cigarro com gravidade. "Eu não fiz nada com ele; mal me lembro de ter lhe dado aulas. Ele passou por uma das minhas turmas, que tinham mais de cinquenta alunos. Não reparei nele. Tentei me lembrar de algum incidente específico, claro, mas não houve nenhum. A pessoa pode passar a vida inteira tentando remontar os acontecimentos até os próprios erros", disse ela. "Na mitologia, as pessoas achavam que seus infortúnios podiam ser atribuídos ao fato de que elas haviam deixado de fazer oferendas a determinados deuses. Mas existe outra explicação", disse ela, "que é simplesmente que ele é louco."

"Alguma vez já tentou falar com ele?", perguntou Elena.

Melete fez que não com a cabeça devagar.

"Como eu disse, mal me lembrava dele, embora não esqueça as pessoas com facilidade. Então seria possível dizer que esse ataque veio de onde eu menos esperava. Na verdade, seria quase o caso de dizer que esse aluno era a última pessoa que eu jamais cogitaria representar uma ameaça para mim."

Em alguns momentos, continuou Melete, quase lhe parecera ter sido justamente esse fato que dera origem ao comportamento dele. Sua noção de realidade, em outras palavras, tinha criado um ataque a si mesma, criado algo externo a si mesma que zombava dela e a odiava. Mas como eu falei, disse ela, esses pensamentos pertencem ao mundo da sensibilidade religiosa, que na nossa época se tornou a linguagem da neurose.

"Prefiro chamar de loucura", disse ela, "seja dele ou minha, então em vez disso tentei desenvolver afeto por ele. Eu levanto os olhos, e todas as vezes ele está ali, sacudindo o dedo e pondo a língua para fora. Na verdade, ele é totalmente confiável, mais fiel a mim do que qualquer amante que eu já tenha tido. Eu tento corresponder ao seu amor."

Ela fechou a carta de vinhos e levantou o dedo para chamar o garçom. Elena lhe disse alguma coisa em grego, e seguiu-se um breve debate no qual o garçom entrou na metade e pareceu tomar de modo decisivo o partido de Melete, anotando o pedido dela com vários meneios bruscos de cabeça apesar dos apelos insistentes de Elena.

"Elena não entende nada de vinho", disse Melete para mim.

Elena não pareceu se ofender com esse comentário. Voltou ao assunto do perseguidor de Melete.

"O que você descreveu", disse ela, "é uma sujeição completa. A ideia de que se deve amar os próprios inimigos é absolutamente ridícula. É um conceito inteiramente religioso. Dizer que você ama aquilo que odeia e que odeia você equivale a reconhecer que você foi derrotada, que aceita a sua opressão e está só tentando se sentir melhor em relação a isso. E dizer que você o ama é a mesma coisa que dizer que não quer saber o que ele de fato pensa de você. Se você falasse com ele", disse ela, "descobriria."

Olhei para as pessoas das outras mesas e das mesas nos terraços em volta, todas tão abarrotadas que a praça inteira parecia animada por uma mesma conversa. Aqui e ali, mendigos se moviam entre as pessoas falantes, que muitas vezes demoravam algum tempo para perceber sua presença, e depois disso ou lhes davam algum dinheiro ou então os enxotavam. Vi isso se repetir várias vezes, a silhueta espectral em pé sem ser notada atrás da cadeira da pessoa que, sem prestar a menor atenção, comia e conversava, imersa na própria vida. Uma mulher de capuz, diminuta e ressequida, se movia entre as mesas perto de nós, e dali a pouco chegou perto da nossa murmurando alguma coisa, com a mão estendida feito uma pequena garra. Observei Melete depositar algumas moedas na sua palma e lhe dizer algumas palavras enquanto alisava delicadamente seus dedos.

"O que ele pensa não tem importância", continuou ela. "Se eu descobrisse mais sobre o que ele pensa, poderia começar a confundi-lo comigo mesma. E eu não sou composta pelas ideias dos outros, da mesma forma que não componho um verso a partir do poema de outra pessoa."

"Mas para ele isso é um jogo, uma fantasia", disse Elena. "Os homens gostam de jogar esse jogo. E eles na verdade têm medo da sua honestidade, porque ela estraga o jogo. Não sendo honesta com um homem, você permite a ele continuar seu jogo, viver na sua fantasia."

Como para provar o que ela dizia, meu telefone vibrou em cima da mesa. Era uma mensagem de texto do meu vizinho: *Estou com saudades*, dizia.

Era só quando você ultrapassava as fantasias das pessoas, continuou Elena, em relação a si mesmas e às outras, que tinha acesso a um nível de realidade em que as coisas assumiam seu verdadeiro valor e eram o que pareciam ser. Algumas dessas verdades, de fato, eram feias, mas outras, não. O pior lhe parecia ser lidar com uma versão de alguém quando outra versão bem diferente existia fora do campo de visão. Se um homem tinha um lado ruim no seu caráter, ela queria alcançá-lo imediatamente e enfrentá-lo. Não o queria pairando sem ser visto nos confins do relacionamento: queria provocá-lo, puxá-lo para o primeiro plano, de modo que ele não a atingisse quando ela virasse as costas.

Melete riu. "Segundo essa lógica", falou, "não há relacionamento possível. A única coisa possível são pessoas perseguindo umas às outras."

O garçom trouxe o vinho, uma pequena garrafa sem rótulo cor de tinta, e Melete começou a servir.

"É verdade", disse Elena, "que a minha necessidade de provocação é algo que os outros parecem achar muito difícil de entender. Para mim, porém, ela sempre fez total sentido. Mas reconheço que levou ao fim de quase todos os meus relacionamentos, pois é inevitável que esse fim seja também — como você diz, pela mesma lógica — algo que me sentirei compelida a provocar. Em outras palavras, se o relacionamento vai terminar, eu quero saber e quero enfrentar isso o quanto antes. Às vezes", disse ela, "esse processo é tão rápido que o relacionamento acaba quase no mesmo instante que começou. Muitas vezes senti que os meus relacionamentos não tiveram história, e que o motivo disso é porque me precipitei, do mesmo jeito que costumava virar as páginas de um livro para descobrir o que acontecia no último capítulo. Eu quero saber tudo imediatamente. Quero conhecer o conteúdo sem vivenciar o lapso de tempo."

A pessoa com quem estava envolvida agora, disse ela — um homem chamado Konstantin —, tinha lhe dado pela primeira vez na vida um motivo para temer essas suas tendências, e a razão disso — ao contrário, para ser sincera, de qualquer outro homem na sua experiência — era que ela o considerava seu igual. Ele era inteligente, bonito, divertido, um intelectual; ela gostava de estar ao seu lado, gostava do reflexo de si mesma que ele lhe proporcionava. E ele era um homem em pleno domínio da própria moralidade e das próprias atitudes, o que a fazia sentir — pela primeira vez, como já dissera — uma espécie de fronteira invisível em volta dele, uma linha que estava claro, embora ninguém nunca tivesse dito isso, que ela não deveria cruzar. Essa linha, essa fronteira, era algo que ela nunca havia encontrado de modo tão palpável em nenhum outro homem, homens cujas defesas em geral eram costuradas a partir de fantasias e mentiras que ninguém — muito menos eles próprios — poderia criticá-la por querer desvendar. Assim, estar com Konstantin não apenas lhe provocava uma sensação de proibido, uma sensação de que ele iria reagir ao fato de ela o invadir em busca da sua verdade de modo bem parecido a como teria reagido se ela tivesse arrombado a sua casa e roubado suas coisas, ela na verdade começara a sentir medo justamente daquilo que mais a fazia amá-lo, a sua igualdade em relação a si mesma.

Ela estava, portanto, ao seu alcance, aquela arma que ela tão rapidamente soubera desarmar em todos os outros homens: o poder de machucá-la. Recentemente, numa festa à qual ela havia levado Konstantin e na qual o havia apresentado a muitos dos seus amigos, ela estava saboreando a sensação de exibi-lo no seu círculo social, vendo sua beleza, sua inteligência e sua integridade pelos olhos deles — e vice-versa, porque aquela era uma casa de artistas e outras pessoas interessantes do seu mundo —, e havia começado a entreouvir um pouco a conversa dele com uma mulher que conhecia mas de quem não gostava muito, uma mulher chamada Yanna. Fora em parte por não gostar de Yanna que ela havia cedido à tentação de entreouvir a conversa: queria escutar Konstantin falar, e queria imaginar a inveja de Yanna diante da inteligência e da beleza do seu namorado. Yanna estava perguntando sobre os filhos de Konstantin, que eram dois, de um casamento anterior, e então, de modo bem casual, com Elena escutando, Yanna lhe perguntou se ele gostaria de ter outros filhos. Não, respondeu ele, enquanto Elena, que escutava, sentia facas serem cravadas nela por todos os lados; não, ele não achava que quisesse ter outros filhos, era feliz com as coisas do jeito que estavam. Ela ergueu o copo até a boca, com a mão tremendo.

"Nós nunca", prosseguiu, em voz baixa, "tínhamos conversado sobre a questão dos filhos, mas é evidente que para mim ela permanece em aberto, que eu posso muito bem vir a querer ter filhos. De repente, aquela festa que eu estava curtindo, em que antes me sentia tão feliz, se transformou numa tortura. Não consegui mais rir, nem sorrir, nem conversar com ninguém direito; só queria ir embora e ficar sozinha, mas tive de ficar lá com ele até o fim. E é claro que ele havia percebido que eu estava chateada, e não parava de me perguntar qual era o problema; e durante todo o final dessa festa e dessa noite não parou de me perguntar qual era o problema. De manhã ele iria viajar a trabalho e passar uns dias fora. Eu tinha de falar, disse ele. Ele não conseguiria ir para o aeroporto e embarcar num avião me deixando tão chateada. Mas é claro que teria sido humilhante demais contar para ele, porque eu tinha entreouvido uma coisa que não fora direcionada aos meus ouvidos, e também por causa do tema em si, que deveria ter sido abordado de forma bem diferente.

"Aquela me parecia ser uma situação da qual era impossível fugir, embora ainda continuássemos a pensar tão bem um do outro quanto antes. Tive a sensação", continuou ela, "que venho tendo desde então e que piora toda vez que discutimos, de que ficamos presos numa teia de palavras, emaranhados em vários fios e nós, e que ambos pensávamos haver algo que pudéssemos dizer capaz de nos libertar, mas quanto mais palavras dizíamos mais fios e nós apareciam. Eu me pego pensando na simplicidade do tempo antes de termos dito uma sílaba um para o outro: é para esse tempo que eu gostaria de voltar", disse ela, "o tempo imediatamente anterior à primeira vez que abrimos nossas bocas para falar."

Olhei para o casal na mesa ao lado da nossa, um homem e uma mulher que haviam consumido sua refeição num silêncio mais ou menos permanente. Ela havia mantido a bolsa sobre a mesa em frente ao prato, como se estivesse com medo de ser roubada. A bolsa estava ali entre os dois, e ambos a olhavam de vez em quando.

"Mas você contou para Konstantin que tinha ouvido o que ele falou?", perguntou Melete. "Nesse dia de manhã enquanto vocês esperavam o táxi, você confessou?"

"Sim", respondeu Elena. "Ele ficou sem graça, claro, e disse que tinha sido um comentário impensado, que não significava nada, e por um lado eu acreditei nele e foi um alívio, mas no meu coração pensei: por que se dar ao trabalho de dizer alguma coisa? Por que dizer alguma coisa se você pode simplesmente voltar atrás no minuto seguinte? Ao mesmo tempo, é claro que eu queria que ele voltasse atrás. E só de pensar nisso agora a coisa toda parece ligeiramente irreal, como se ao permitir que voltasse atrás eu não possa mais ter certeza de que isso de fato ocorreu. Enfim", continuou ela, "o táxi chegou e ele entrou e foi embora, e nós estávamos de bem outra vez, mas depois fiquei com a sensação de uma mácula, algo pequeno mas permanente, como uma pequena mancha que estraga todo o vestido — imaginei todos os anos passando, e nós tendo filhos, e eu nunca sendo capaz de esquecer o modo como ele havia balançado a cabeça e dito não quando alguém lhe perguntara se ele queria tê-los. E ele talvez se lembrando de que eu era alguém capaz de invadir sua privacidade e de julgá-lo a partir do que tinha descoberto. Essa ideia me deu vontade de fugir dele, do nosso apartamento e da vida que temos juntos, de me esconder em algum lugar, em algo não conspurcado."

Fez-se um silêncio para dentro do qual o barulho das mesas ao lado fluía de modo constante. Ficamos bebendo o vinho suave e escuro, tão suave que mal podia ser sentido na língua.

"Ontem à noite eu sonhei", disse Melete depois de um curto tempo, "que eu e várias outras mulheres, algumas delas minhas amigas e outras desconhecidas, estávamos tentando chegar à ópera. Só que todas nós estávamos sangrando, nos esvaindo em sangue menstrual: formou-se uma espécie de pandemônio lá na entrada da ópera. Havia sangue em nossos vestidos, e escorrendo para dentro de nossos sapatos; toda vez que uma mulher parava de sangrar, outra começava, e todas iam pondo seus absorventes sujos de sangue numa pilha bem certinha junto à entrada do prédio, uma pilha que foi ficando cada vez maior e pela qual as outras pessoas tinham de passar para entrar. Elas nos olhavam ao passar, os homens de smoking e gravata-borboleta, todos absolutamente enojados. A ópera começou; podíamos ouvir a música sair lá de dentro, mas por algum motivo não conseguíamos cruzar o limiar. Comecei a sentir uma ansiedade muito grande", disse Melete, "de que aquilo tudo de algum modo fosse culpa minha, porque fora eu a primeira a reparar no sangue, a reparar nele em minhas próprias roupas, e na minha imensa vergonha eu parecia ter criado aquele problema muito maior. E me parece", disse ela para Elena, "que a sua história sobre Konstantin na verdade é uma história sobre nojo, o nojo que existe de forma indelével entre homens e mulheres, e que você vive tentando purgar com aquilo que chama de franqueza. Assim que você deixa de ser franca, percebe uma mancha, é forçada a reconhecer a imperfeição, e tudo que deseja é fugir e se esconder de vergonha."

Elena assentiu com sua cabeça dourada e estendeu a mão por cima da mesa para tocar os dedos de Melete.

Quando era criança, continuou Melete, ela costumava sofrer terríveis ataques de vômito. Era um distúrbio bastante debilitante que persistira por vários anos. Os ataques sempre aconteciam exatamente no mesmo horário do dia e exatamente nas mesmas circunstâncias, na hora em que ela voltava da escola para a casa em que morava com a mãe e o padrasto. De modo bem compreensível, a mãe ficava muito abalada com o sofrimento de Melete, que não tinha nenhuma causa aparente e que, portanto, não parecia ser nada menos do que uma crítica ao seu próprio modo de vida e ao homem que ela havia posto dentro de casa, um homem que sua filha única se recusava — como se fosse por princípio — a amar ou sequer a reconhecer. Todos os dias, na escola, Melete esquecia os vômitos, mas então, quando chegava a hora de ir para casa, sentia os primeiros sinais de que estavam chegando, uma sensação de não ter peso, quase como se o chão estivesse cedendo sob seus pés. Voltava depressa para casa, muito ansiosa, e lá, em geral na cozinha, onde sua mãe estava à espera para lhe servir o lanche da tarde, um enjoo extraordinário começava a aumentar. Ela era levada até o sofá para se deitar; um cobertor era posto em cima dela, a televisão ligada, e uma tigela deixada ao seu lado; e enquanto Melete vomitava, sua mãe e seu padrasto passavam o início da noite juntos na cozinha, conversando e jantando. Sua mãe a levara a médicos, terapeutas, e por fim a um psicanalista infantil, que sugeriu — para grande espanto dos adultos que estavam pagando a conta — que Melete começasse a tocar um instrumento musical. Ele lhe perguntou se havia algum instrumento em especial que ela já tivesse pensado em tocar, e ela respondeu o trompete. Agora, todos os dias depois da escola, em vez da angustiante perspectiva dos vômitos, ela via diante de si a perspectiva de soprar o instrumento de cobre para produzir seu som alto e grosseiro. Desse modo, havia tornado manifesto seu nojo pela humanidade falha, e também conseguido interromper aqueles tête-à--têtes na cozinha durante o jantar, que nunca mais puderam ser conduzidos da mesma forma, sem ela como sua vítima.

"Recentemente", disse ela, "eu tirei o trompete do estojo e comecei a praticar. Fico tocando no meu pequeno apartamento." Ela riu. "É bom produzir esse som grosseiro outra vez."

Na volta, descendo o morro, Elena disse que teria de parar na praça Kolonaki para pegar sua moto. Ofereceu a Melete uma carona na garupa, já que as duas moravam perto. Havia espaço de sobra para duas pessoas, disse-me ela, e era o jeito mais rápido. Ela havia percorrido a Grécia inteira assim com sua amiga mais antiga, Hermione, e as duas tinham chegado a levar a moto nos barcos que iam para as ilhas apenas com algum dinheiro e suas roupas de banho, descobrindo praias acessíveis por estradinhas de terra onde não havia mais ninguém. Hermione havia se agarrado nela na descida de algumas encostas de montanha imponentes, falou, e elas nunca tinham caído. Em retrospecto, aqueles estavam entre os melhores momentos da sua vida, embora na época tivessem tido a sensação de um prelúdio, um período de espera, como se para o verdadeiro drama da vida começar. Essa época tinha praticamente ficado para trás, agora que ela estava com Konstantin; ela não sabia ao certo por quê, pois ele nunca a teria impedido de viajar com Hermione, na verdade teria gostado, como os homens modernos sempre gostavam quando você demonstrava sua independência deles. Mas teria parecido um pouco uma farsa, disse ela, uma cópia, tentar se tornar outra vez aquelas garotas, percorrendo em disparada aquelas estradinhas de terra sem nunca saber o que iriam encontrar no final.

IX

O dever era escrever uma história na qual houvesse um animal, mas nem todos o tinham feito. Christos os havia convidado para ir dançar *lindy hop* na noite anterior; a noite tinha sido longa e exaustiva, embora o próprio Christos não parecesse ter sido afetado. Ficou ali sentado com uma expressão radiante, os braços cruzados, orgulhoso e descansado, rindo de modo repentino e alto dos comentários deles em relação aos acontecimentos da noite. Havia acordado cedo para escrever sua história, falou, embora tivesse achado difícil introduzir um animal em seu tema escolhido, que era a hipocrisia de nossos líderes religiosos e o fracasso dos comentaristas da mídia em submetê-los à análise adequada. Como as pessoas comuns poderiam algum dia se politizar se os intelectuais do nosso tempo não lhes mostravam o caminho? Isso era algo a respeito do qual ele e sua amiga íntima Maria por acaso discordavam. Ela era adepta da filosofia da persuasão: às vezes, dizia, tentar forçar as pessoas a reconhecer verdades desagradáveis causava mais mal do que bem. Era preciso se manter próximo da linha das coisas, próximo mas separado, como uma andorinha que sobrevoa os contornos da paisagem, seguindo-os, mas sem nunca aterrissar.

De modo que ele tivera dificuldade, disse Christos, para incluir um animal no seu relato da escandalosa conduta de dois bispos ortodoxos num debate público recente. Mas então lhe ocorrera que talvez tivesse sido essa a minha intenção.

Eu queria, em outras palavras, lhe apresentar uma obstrução que o impedisse de ir na direção que ele estava naturalmente inclinado a tomar, e que o forçaria a escolher outro caminho. No entanto, por mais que tentasse, ele não conseguira pensar em nenhum jeito de incluir um animal no plenário de um prédio público onde não tinha permissão para estar. Além disso, sua mãe não parava de incomodá-lo ao entrar e sair da sala de jantar, o cômodo de seu pequeno apartamento que era o menos usado e onde, consequentemente, ele em geral ia estudar, espalhando seus livros e papéis por toda a velha mesa de mogno que ficava ali até onde sua memória alcançava. Nesse dia, porém, ela havia lhe pedido para tirar suas coisas. Alguns parentes viriam jantar, e ela queria fazer uma faxina completa na sala de jantar e prepará-la para a recepção. Ele lhe pediu, com alguma irritação, para deixá-lo em paz — estou tentando escrever, falou, como posso escrever sem meus livros e papéis e com você entrando o tempo todo? Havia esquecido por completo esse jantar, que fora combinado tempos antes e seria uma homenagem a sua tia, seu tio e seus primos da Califórnia, que tinham voltado à Grécia para sua primeira visita em muitos anos. Sua mãe, ele sabia, não estava animada com o evento: aquele ramo específico da família era exibido e dado à ostentação, e sua tia e seu tio viviam escrevendo cartas para os parentes gregos que fingiam ser amorosas e preocupadas, mas que na realidade não passavam de oportunidades para eles se gabarem de quanto dinheiro tinham nos Estados Unidos, de como o seu carro era grande, de como tinham acabado de mandar construir uma piscina nova e de como eram ocupados demais para fazer uma visita à Grécia. Assim, como ele já dissera, muitos anos haviam se passado sem que ele e a mãe vissem esses parentes, a não ser nas fotografias que eles mandavam regularmente, que os exibiam em pé sob um sol forte ao lado de sua casa e de seu carro, ou então na Disneylândia ou em frente ao Hard Rock Café, ou em algum outro lugar onde se podia ver ao fundo o grande letreiro de Hollywood. Eles também mandavam fotos dos filhos se formando nesta ou naquela faculdade, usando chapéus de formatura e becas com gola de pele, exibindo os dentes caros em contraste com um falso céu azul. Sua mãe expunha obedientemente essas fotografias no aparador; um dia, ele sabia que ela esperava, Christos também tiraria o seu diploma, e ela poderia pôr sua foto ao lado das outras. A foto que Christos mais odiava era a de seu belo, sorridente e musculoso primo Nicky, na qual ele posava em alguma espécie de paisagem desértica com uma cobra gigante — uma jiboia — enrolada nos ombros. Essa imagem de masculinidade suprema muitas vezes o havia assombrado ali do aparador, e ao fitá-la agora ele não se sentia mais irritado com a mãe: sentia empatia por ela, e desejava ter sido um filho melhor e mais valente. De modo que parou o que estava fazendo e a ajudou a tirar as coisas da mesa.

Georgeou levantou a mão. Ele havia observado, falou, que quando na véspera tínhamos deixado as janelas abertas e a porta fechada, nesse dia era o contrário: as janelas estavam trancadas, e a porta do corredor significativamente entreaberta. Além disso, ele estava se perguntando se eu tinha reparado que o relógio havia mudado de lugar. Não estava mais na parede à esquerda, mas havia assumido a posição espelhada na parede em frente. Com certeza devia haver uma explicação para o movimento do relógio, mas era difícil pensar qual poderia ser. Se alguma explicação me ocorresse, talvez eu pudesse informá-lo, porque do jeito que as coisas estavam, ele achava a situação perturbadora.

Ele havia terminado de escrever a história no ônibus a caminho dali, continuou Christos, depois de se dar conta de que a foto de Nicky no fim das contas tinha lhe proporcionado uma saída para o seu dilema. Um dos bispos tem uma alucinação, ali mesmo no plenário: vê uma cobra imensa enrolada nos ombros do outro bispo, e percebe que aquela cobra simboliza a hipocrisia e as mentiras que ambos vêm proferindo. Nesse exato instante, ele jura ser um homem melhor, dizer apenas a verdade, e nunca mais enganar e ludibriar seu povo.

Christos tornou a cruzar os braços e correu os olhos pela sala com um ar radiante. Nesse momento Clio, a pianista, levantou a mão. Disse que ela também tinha tido dificuldade para escrever sobre um animal. Não sabia nada sobre animais; nunca tivera sequer um bicho de estimação. Teria sido impossível, considerando a natureza extenuante da sua agenda de treinamento musical mesmo na primeira infância. Ela não teria conseguido cuidar do animal e lhe dedicar a atenção de que ele necessitava. Mas o dever de casa a fizera perceber as coisas de outra forma: ao voltar a pé para casa, não tinha olhado as coisas que em geral olhava, mas em vez disso havia se tornado, conforme caminhava, cada vez mais consciente dos passarinhos, não apenas de seu aspecto mas também do seu som, que, uma vez que sintonizou nele os seus ouvidos, percebeu que podia ouvir constantemente à sua volta. Lembrou-se então de uma peça musical que não escutava havia tempos, do compositor francês Olivier Messiaen, escrita durante sua estada num campo de prisioneiros durante a Segunda Guerra Mundial. Parte da peça fora baseada, ou assim ela entendera, nos padrões dos cantos de pássaros que ele escutava ao seu redor enquanto estava preso ali. Chamou-lhe a atenção o fato de que o homem estava engaiolado enquanto os pássaros estavam livres, e que o que ele havia escrito era o som da sua liberdade.

Era interessante considerar, disse Georgeou, que o papel do artista poderia ser apenas o de registrar sequências, do modo como um computador poderia um dia ser programado para fazer. Até mesmo a questão do estilo pessoal decerto poderia ser desdobrada numa sequência a partir de um número finito de alternativas. Ele às vezes se perguntava se seria possível inventar um computador influenciado pelo próprio vastíssimo conhecimento. Seria muito interessante conhecer um computador assim, disse ele. Mas ele tinha a sensação de que qualquer sistema de representação poderia ser destruído simplesmente violando as próprias regras. Ele próprio, por exemplo, ao sair de casa naquela manhã, havia notado, pousado no acostamento da rua, um pequeno passarinho que só poderia ter sido descrito como imerso em pensamentos. Estava fitando alguma coisa daquele jeito desfocado que se observa, por exemplo, nas pessoas que tentam destrinchar de cabeça um problema de matemática, e Georgeou tinha caminhado até chegar bem perto enquanto ele permanecia completamente alheio. Poderia ter estendido a mão e o segurado. Então, por fim, o passarinho percebeu a sua presença e quase morreu de susto. Ele tinha, entretanto, algumas reservas em relação à capacidade de sobrevivência daquele passarinho. Sua própria história, acrescentou, era baseada por inteiro na própria experiência, e descrevia em detalhes uma conversa que ele tivera com a tia, que pesquisava mutações em determinadas partículas num instituto científico em Dubai. A única coisa que ele tinha inventado fora o acréscimo de um lagarto, que na realidade não estava lá, mas que na história sua tia mantinha bem abrigado debaixo do braço enquanto eles conversavam. Ele havia mostrado a história para o pai, que confirmara a exatidão de todos os detalhes e dissera ter gostado de testemunhar pela segunda vez a conversa, cujo tema o interessava. Ele descrevera o lagarto, se Georgeou se lembrava da expressão exata, como um detalhe interessante.

Sylvia disse que não tinha escrito nada. Sua contribuição na véspera, se eu bem me lembrava, na verdade dizia respeito a um animal, o cachorrinho branco que ela vira encarapitado no ombro do homem alto e moreno. Mas, depois de os outros falarem, ela disse ter desejado escolher algo mais pessoal, algo que lhe tivesse permitido expressar um aspecto do seu próprio eu e não uma visão que, por assim dizer, estava pedindo para ser vista. Ela havia tornado a procurar esse homem no trem a caminho de casa, aliás, pois sentia que tinha algo a lhe dizer. Queria lhe dizer para tirar o cachorro do ombro e deixá-lo andar ou, melhor ainda, para arrumar um cachorro que fosse comum e feio, para que pessoas como ela não ficassem tão distraídas de suas próprias vidas. Ela se ressentia daquele seu comportamento em busca de atenção, e do fato de ele a ter feito se sentir tão pouco interessante; e agora ali estava ela, falando sobre ele em sala de aula pela segunda vez!

Sylvia tinha um rosto pequeno, bonito e ansioso, e uma grande quantidade de cabelos castanho-claros que usava em cachos e tranças virginais — que não parava de tocar e alisar — em volta dos ombros. De todo modo, continuou ela, obviamente não o tinha visto de novo na volta para casa, porque a vida não era assim: voltou para o seu apartamento, que por morar sozinha estava tal como ela o havia deixado naquela manhã. O telefone tocou. Era sua mãe, que sempre lhe telefona a essa hora. Como foi a aula hoje, quis saber a mãe. Sylvia trabalha como professora de literatura inglesa numa escola na periferia de Atenas. A mãe tinha esquecido que ela havia tirado a semana de folga para fazer o curso de escrita criativa. "Eu lembrei a ela o que estava fazendo", disse Sylvia. "Minha mãe, é claro, é muito cética em relação à escrita, então é típico dela não lembrar. Você deveria, em vez disso, ter saído de férias, disse ela, deveria ter ido para uma ilha com alguns amigos. Deveria estar vivendo, disse ela, não gastando mais tempo pensando em livros. Para mudar de assunto, eu disse: Mãe, me diga alguma coisa em que você tenha reparado hoje. Em que eu teria reparado, perguntou ela? Passei o dia inteiro em casa esperando o homem vir consertar a máquina de lavar. Ele nem apareceu, disse ela. Depois da nossa conversa, fui olhar meu computador. Eu havia passado um trabalho para meus alunos, e o prazo agora tinha expirado, mas quando verifiquei meus e-mails vi que nenhum deles tinha me mandado o trabalho. Era um trabalho sobre *Filhos e amantes*, de D. H. Lawrence, o livro que me inspirou mais do que qualquer outra coisa na vida, e nenhum deles tinha uma palavra sequer a dizer sobre ele.

"Fiquei na minha cozinha", continuou, "e pensei em tentar escrever uma história. Mas tudo em que conseguia pensar era uma linha descrevendo o momento exato que eu estava vivendo: *uma mulher ficou na sua cozinha e pensou em tentar escrever uma história*. O problema era que a linha não se conectava com nenhuma outra linha. Ela não tinha vindo de lugar algum e tampouco estava indo a lugar algum, não mais do que eu estava indo a algum lugar ali na minha cozinha. Então fui até o outro cômodo e tirei um livro da prateleira, um livro de contos de D. H. Lawrence. D. H. Lawrence é o meu escritor preferido", disse ela. "Na verdade, embora ele esteja morto, de certa forma eu acho que ele é a pessoa que eu mais amo no mundo todo. Queria ser um personagem de D. H. Lawrence, viver a caráter num dos seus romances. As pessoas que eu encontro não parecem sequer *ter* caráter. E a vida, quando a olho através dos olhos dele, parece muito rica, mas a minha própria vida muitas vezes parece estéril, como um pedaço de terra ruim, como se nada fosse crescer ali por mais que eu me esforce. A história que comecei a ler", disse ela, "chamava-se 'O pavão de inverno'. É uma história autobiográfica", disse, "na qual Lawrence está hospedado numa região remota da zona rural da Inglaterra durante o inverno, e um dia, quando está fazendo uma caminhada, ouve um som estranho e descobre que tem um pavão preso no morro, enterrado na neve. Ele devolve o pássaro à dona, uma mulher estranha de uma fazenda próxima que está esperando o marido voltar da guerra.

"Nessa hora", disse ela, "parei de ler; pela primeira vez, senti que Lawrence não conseguiria me transportar para fora da minha própria vida. Talvez fosse a neve, ou a estranheza da mulher, ou o pavão em si, mas eu de repente senti que esses acontecimentos, e o mundo que ele descrevia, não tinham nada a ver comigo, no meu apartamento moderno aqui no calor de Atenas. Por algum motivo não consegui mais suportar a sensação de ser uma passageira impotente da visão dele, então fechei o livro", disse, "e fui dormir."

Sylvia parou de falar. Meu telefone tocou na mesa à minha frente. Vi o número de Lydia da empresa de hipoteca pulsar na tela, e disse ao grupo que faríamos um pequeno intervalo. Saí da sala e fiquei parada no corredor em meio aos quadros de avisos. Meu coração batia dentro do peito de modo desconfortável.

"É Faye quem está falando?", perguntou Lydia.

Sim, respondi.

Ela me perguntou como eu estava. Disse que soube pelo toque da ligação que eu estava no exterior. Onde a senhora está? Em Atenas, falei. Que ótimo, disse ela. Lamentava não ter entrado em contato antes. Tinha passado os dois últimos dias fora do escritório. Algumas pessoas do seu departamento haviam recebido de presente da empresa ingressos para Wimbledon: na véspera, ela assistira à derrota de Nadal, o que fora uma grande surpresa. Enfim, ela esperava não estragar minhas férias, mas precisava me dizer que os avaliadores tinham recusado meu pedido para aumentar meu empréstimo. Eles não precisam dar o motivo, respondeu ela quando lhe perguntei por quê. Foi apenas a decisão deles baseada nas informações que receberam. Como eu disse, falou ela, espero que isso não afete demais as suas férias. Quando lhe agradeci por ter ligado, ela disse que não havia de quê. Lamento não ter sido com notícias melhores, falou.

Avancei pelo corredor, passei pelas portas da frente de vidro na entrada do prédio e saí para o calor escaldante da rua. Fiquei ali parada na luz ofuscante enquanto os carros e as pessoas passavam, como se estivesse à espera de que algo acontecesse ou alguma alternativa se apresentasse. Uma mulher de chapéu de sol de bolinhas com uma câmera imensa pendurada numa correia no pescoço me perguntou como chegar ao Museu Binyaki. Expliquei para ela, então voltei lá para dentro, tornei a entrar na sala e me sentei. Georgeou me perguntou se estava tudo bem. Disse ter reparado que eu havia fechado a porta, e ficara pensando se isso queria dizer que eu agora queria as janelas abertas. Se fosse o caso, ficaria feliz em fazê-lo. Eu lhe disse que podia abrir. Ele se levantou da cadeira com tamanho afã que a derrubou para trás. Com uma agilidade surpreendente, Penelope esticou a mão para segurá-la e a recolocou cuidadosamente em pé. Tinha certeza, falou, de modo um tanto enigmático, que não teria absolutamente nada para trazer para a aula nesse dia a não ser seus sonhos, muitas vezes tão vívidos e estranhos que ela pensava que devia falar a respeito com alguém. De modo geral, porém, havia aceitado, após a aula da véspera, que não era possível para alguém na sua situação ser escritor, alguém a quem o próprio tempo não pertencia. Assim, tinha passado a noite do jeito que sempre fazia, preparando o jantar dos filhos e atendendo às suas demandas incessantes.

Enquanto eles comiam, a campainha havia tocado: era Stavros, o vizinho de porta, dando só uma passada para lhes mostrar um filhote da nova ninhada que sua cadela acabara de ter. É claro que as crianças enlouqueceram com o cachorrinho: largaram a comida esfriando no prato e foram rodear Stavros, pedindo sucessivamente que ele as deixasse segurá-lo. Era um filhote bem pequeno, cujos olhos mal haviam aberto, mas ele deixou que as crianças o segurassem uma de cada vez. "Fiquei observando cada um dos meus filhos", disse ela, "ao receber o filhotinho para segurar, se transformar numa criatura da mais absoluta delicadeza e cuidado, de modo que foi quase possível acreditar que o filhote houvesse ocasionado um verdadeiro refinamento em sua índole. Cada uma delas acariciou com os dedos a cabecinha aveludada e sussurrou nos ouvidos do filhote, e aquilo pelo visto teria continuado por um tempo indefinido se Stavros não tivesse dito que precisava ir. Os filhotes estavam à venda, disse ele; e ao ouvir essas palavras as crianças começaram a pular com a mais genuína e contagiante animação, tanto que, para meu próprio espanto", disse ela, "eu também comecei a me animar. A ideia de aceitar, e do amor que eu receberia caso aceitasse, foi quase irresistível. No entanto, o que eu sabia sobre a cadela de Stavros, um animal gordo e desagradável, foi mais forte. Não, disse ao meu vizinho, nós não iríamos comprar um cachorro; mas lhe agradeci por ter nos mostrado o filhote, e ele se foi. Depois disso, as crianças ficaram muito decepcionadas. Você sempre estraga tudo, meu filho me disse. E foi só então, quando o feitiço lançado pelo filhote se dissipou por completo, que eu recuperei o pensamento lógico, e junto com ele uma noção de realidade tão crua e potente que pareceu expor nossa família de modo tão impiedoso quanto se o telhado do prédio em que estávamos houvesse sido arrancado.

"Mandei as crianças para o quarto sem que terminassem o jantar, e com as mãos trêmulas sentei-me à mesa da cozinha e comecei a escrever. Eu, na verdade, havia comprado um filhote para eles uma vez, sabem, dois anos antes, em circunstâncias quase idênticas às que acabei de narrar, e o fato de termos retornado a esse mesmo instante sem ter aprendido nada me fez ver nossa vida, e particularmente as próprias crianças, à luz mais fria possível. Como eu disse, isso faz dois anos: o bicho era uma cadelinha muito bonita que batizamos de Mimi, com uma pelagem encaracolada cor de tabaco e olhos que pareciam dois chocolates, e quando ela chegou para morar conosco era tão minúscula e encantadora que o trabalho que me dava para cuidar era equilibrado pelo prazer que as crianças sentiam ao brincar com ela e mostrá-la aos amigos. Seria quase possível dizer que eu na verdade não queria que elas tivessem de limpar a sujeira de Mimi, que produzia as imundícies mais fétidas pela casa inteira, por medo de frustrar o seu prazer; no entanto, quando Mimi foi ficando maior e mais exigente, passei a querer que elas assumissem parte da responsabilidade por ela, já que fora por vontade delas — como eu vivia lhes lembrando — que tínhamos comprado um cachorro, para começo de conversa. Mas elas muito rapidamente se tornaram imunes a esses comentários: não queriam levar Mimi para passear nem limpar a sujeira que ela fazia; e mais, começaram a ficar irritadas com os seus latidos e com o fato de ela às vezes entrar nos seus quartos, bagunçar tudo e destruir suas coisas. Nem sequer a queriam do seu lado na sala à noite, porque ela não ficava sentada quieta no sofá, e sim andando de um lado para outro da sala e obstruindo sua visão da tevê.

"Além de ter crescido rapidamente e se tornado maior e mais agitada do que eu imaginava, Mimi também era obcecada por comida, e se eu tirasse os olhos dela por um instante subia nas bancadas da cozinha para procurar e comer tudo que conseguisse encontrar. Aprendi rapidamente a guardar tudo, mas tinha de ser muito vigilante, além de lembrar de fechar todas as portas da casa de modo que ela não entrasse nos outros cômodos, portas que as crianças viviam deixando abertas novamente; e é claro que eu tinha de levá-la para passear, e ela me puxava tão depressa que eu pensava que o meu braço fosse sair da articulação. Nunca podia soltá-la da guia, porque o seu amor pela comida a fazia correr para todo lado. Ela certa vez entrou correndo na cozinha de um café perto do parque e foi encontrada pelo chef enfurecido comendo uma fieira inteirinha de linguiças que ele havia deixado em cima da bancada; em outra ocasião, roubou um sanduíche da mão de um homem que almoçava sentado num banco. Depois de algum tempo, entendi que precisaria mantê-la presa junto de mim para sempre quando estivéssemos na rua, e que dentro de casa estava igualmente amarrada a ela, e comecei a me dar conta de que, ao comprar Mimi para meus filhos, eu havia, sem pensar muito, aberto mão por completo da minha liberdade.

"Ela continuava sendo uma cadela muito bonita, e todo mundo reparava nela. Contanto que eu a mantivesse na guia, sempre recebia dos passantes os elogios mais rasgados. Sobrecarregada como estava, comecei a ficar estranhamente ressentida e enciumada de sua beleza e de toda a atenção que ela recebia. Comecei, em suma, a odiá-la, e um dia, quando ela havia passado a tarde inteira latindo e as crianças se recusaram a levá-la para passear, e eu a encontrei na sala estraçalhando uma almofada que acabara de comprar enquanto as crianças assistiam televisão sem fazer nada, fui tomada por uma fúria tão descontrolada que bati nela. As crianças ficaram profundamente chocadas e zangadas. Jogaram-se em cima de Mimi para protegê-la de mim; me olharam como se eu fosse um monstro. Mas, se eu tinha virado um monstro, acreditava que fosse Mimi quem havia me transformado nisso.

"Durante algum tempo, meus filhos não pararam de me lembrar do incidente, mas aos poucos esqueceram, então um dia, diante de provocações semelhantes, aconteceu de novo, depois outra vez, até que o fato de eu bater em Mimi se tornou algo quase aceito por elas. A própria cadela começou a me evitar; me encarava com um olhar diferente, e se tornou muito dissimulada, esgueirando-se pela casa para destruir as coisas, enquanto as crianças desenvolveram no seu comportamento comigo uma certa frieza, um novo tipo de distanciamento, que de alguma forma me liberou mas também tornou minha vida menos gratificante. Talvez para compensar essa sensação e tentar diminuir a distância entre nós, decidi comemorar em grande estilo o aniversário do meu filho, e passei metade da noite acordada fazendo um bolo para ele. Era um bolo muito bonito e extravagante, com castanhas na massa e raspas de chocolate na cobertura, e, quando acabei, guardei-o bem fora do alcance de Mimi e fui dormir.

"De manhã, depois que as crianças foram para a escola, minha irmã passou lá em casa para me visitar. Na companhia da minha irmã eu sempre me distraio um pouco do meu propósito; tenho a sensação de que preciso desempenhar coisas para ela, apresentá-las a ela, mostrar-lhe minha vida em vez de deixar que ela a veja de modo natural, como realmente é. Então lhe mostrei o bolo, que ela de todo modo teria visto, já que iria à festa de aniversário mais tarde. Nesse exato instante, o alarme de um carro tocou na rua, e pensando que devesse ser o seu — que era novo, e que ela não gostava de estacionar na rua em frente à minha casa porque o meu bairro, segundo ela, não é tão seguro quanto o dela — ela entrou em pânico e saiu de casa correndo. Fui atrás, pois como já disse quando estou com minha irmã vejo as coisas do ponto de vista dela e não do meu, sou compelida a adotar a sua visão, como era compelida a entrar no quarto dela quando éramos crianças, sempre acreditando que fosse melhor do que o meu. E enquanto estávamos na rua nos certificando de que o carro dela estava intacto, o que naturalmente era o caso, tomei consciência de uma sensação de ter abandonado minha própria vida, do mesmo jeito que antes abandonava o meu quarto; e de repente fui tomada por uma percepção extraordinária da existência como uma dor secreta, um tormento interior impossível de ser dividido com os outros, que pediam para você cuidar deles ao mesmo tempo que ignoravam o que havia dentro de você, como a sereia do conto de fadas que pisa em facas que ninguém mais pode ver.

"Fiquei ali parada enquanto minha irmã falava sobre o carro e o que poderia ter feito o alarme disparar, e senti uma profunda dor de solidão; e ao reconhecê-la entendi que estava reconhecendo também a visão mais escura da vida. Em outras palavras, entendi que algo terrível iria acontecer, estava acontecendo naquele exato instante, e quando voltamos para dentro e encontramos Mimi em cima da bancada com a cara enfiada no bolo de aniversário e as mandíbulas mastigando não fiquei nem um pouco surpresa. Ela ergueu o focinho quando entramos, petrificada no ato, com as raspas de chocolate ainda penduradas nos bigodes; e então pareceu tomar uma decisão, pois em vez de pular da bancada e sair correndo para se esconder, encarou-me nos olhos com uma expressão de desafio e, tornando a se abaixar, enfiou avidamente a cara no bolo outra vez para terminar de comê-lo.

"Atravessei a cozinha e agarrei-a pela coleira. Na frente da minha irmã, puxei-a da bancada e a derrubei no chão, onde comecei a espancá-la enquanto ela gania e tentava se desvencilhar. Nós brigamos, eu ofegando e tentando bater nela com a maior força de que era capaz, Mimi se contorcendo e ganindo, até finalmente conseguir soltar a cabeça da coleira. Ela saiu correndo da cozinha, com as unhas arranhando e escorregando na cerâmica do piso, até o hall, onde a porta da frente continuava aberta, e para a rua, onde partiu a toda pela calçada e sumiu."

Penelope fez uma pausa e levou os dedos às têmporas primeiro com delicadeza, em seguida com mais pressão.

"O telefone passou a tarde inteira tocando", continuou ela após um curto intervalo. "Como eu falei, Mimi era uma cadela muito especial e linda, e era conhecida pelas pessoas do bairro, e também por conhecidos meus fora de Atenas. Então as pessoas me ligavam para dizer que a tinham visto fugindo. Ela foi vista por toda parte, correndo pelo parque e pelo shopping, passando em frente à tinturaria e ao consultório do dentista, passando pelo salão de cabeleireiro, pelo banco, pela escola das crianças: passou correndo por todos os lugares aos quais eu jamais fora forçada a levá-la, pela casa de amigos e da professora de piano, pela piscina e pela biblioteca, pelo parquinho e pelas quadras de tênis, e em todos os lugares pelos quais passava correndo as pessoas levantavam o rosto e a viam e pegavam o telefone para me dizer que a tinham visto. Muitos haviam tentado agarrá-la; alguns tinham corrido atrás dela, e o limpador de janelas passara um tempo perseguindo--a ao volante da sua van, mas ninguém conseguira pegá-la. Depois de algum tempo, ela chegou à estação de trem, onde meu cunhado por acaso estava descendo de uma composição: ele telefonou para dizer que a vira e tentara encurralá-la com a ajuda de outros passageiros e dos guardas da estação, e que ela conseguira escapar. Um dos guardas ficara levemente ferido ao se chocar com um carrinho de bagagens quando se esticou para tentar segurá-la; mas no fim das contas todos a tinham visto sair correndo pelos trilhos, ninguém sabe para onde."

Penelope deixou escapar uma grande exalação que foi como um suspiro e se calou, com o peito subindo e descendo de modo visível e a expressão perturbada. "Foi essa a história que escrevi", falou por fim, "à mesa da cozinha ontem à noite, depois da visita de Stavros com o filhote de cachorro."

Theo disse que o problema parecia ser que ela havia escolhido o cachorro errado para começo de conversa. Ele próprio, falou, tinha um pug, e nunca havia passado por nenhuma dificuldade.

Ao ouvir isso, Marielle se preparou para falar. O efeito foi o mesmo de um pavão arrufando as plumas ao se preparar para mover o grande leque da cauda. Nesse dia, ela estava usando uma roupa cereja, de gola alta, com os cabelos amarelos presos por um pente e uma espécie de mantilha de renda preta em volta dos ombros.

"Eu também já comprei um cachorro para o meu filho", falou, numa voz chocada e trêmula, "quando ele era bem pequeno. Ele o amava de paixão, e quando ainda era filhotinho o cachorro foi atropelado na sua frente por um carro na rua. Ele pegou o corpo e o levou de volta até o apartamento, chorando mais descontroladamente do que jamais vi qualquer pessoa chorar. O temperamento dele foi arruinado de vez por essa experiência", disse ela. "Ele hoje é um homem frio e calculista, que só se preocupa com o que consegue arrancar da vida. Eu, por minha parte, só confio em gatos", disse ela, "que pelo menos conseguem solucionar a questão da própria sobrevivência, e embora possa lhes faltar a capacidade do poder e da influência, e seja possível dizer que sobrevivem à base de invejas e de um certo grau de egoísmo, eles possuem também instintos impressionantes e uma excelência notável em matéria de bom gosto.

"Meu marido me deixou nossos gatos", continuou ela, "em troca de alguns artefatos pré-colombianos dos quais relutava muito em se desfazer, mas disse que uma parte de si mesmo havia ficado para trás junto com eles, a ponto de quase ter medo de estar no mundo sem a sensação de direção proporcionada pelos gatos. E é verdade", continuou ela, "que as suas escolhas desde então foram menos felizes: ele comprou um desenho de Klimt que depois se revelou falso, e investiu pesado no dadaísmo, quando qualquer um poderia ter lhe dito que o interesse do público por essa época estava irremediavelmente em declínio. Eu, enquanto isso, não consegui evitar as mais generosas carícias dos deuses, chegando a encontrar no mercado de pulgas uma pequena pulseira em formato de cobra que comprei por cinquenta centavos e que Arturo, amigo do meu marido, viu no meu braço quando nos encontramos por acaso um dia na rua. Ele a levou para o seu instituto a fim de analisá-la, e ao devolver me disse que vinha das tumbas de

Micenas e tinha um valor incalculável, informação que tenho certeza de que passou para o meu marido durante suas conversas noturnas no Brettos Bar.

"Mas os gatos, como eu estava dizendo, são criaturas ciumentas e preconceituosas, e desde que o meu namorado passou a morar no meu apartamento, se mostraram muito lentos para ceder, apesar das atenções constantes que ele lhes dedica, e que assim que vira as costas eles no mesmo instante esquecem. Infelizmente ele é um homem bagunceiro, um filósofo, que deixa seus livros e papéis por toda parte, e embora o meu apartamento não tenha uma beleza frágil, precisa estar arrumado de determinado modo para estar na sua melhor forma. Tudo é pintado de amarelo, cor da felicidade e do sol, mas também, segundo meu namorado, a cor da loucura, de modo que muitas vezes ele precisa sair para o telhado, onde se acomoda e se concentra no azul cerebral do céu. Enquanto ele está lá fora, eu sinto a felicidade voltar; começo a guardar seus livros, alguns dos quais, de tão pesados, mal consigo pegar com as duas mãos. Após muito relutar, cedi-lhe duas prateleiras da minha estante, e ele gentilmente escolheu as de baixo, embora eu saiba que teria preferido as de cima. Mas as prateleiras de cima são altas, e as obras de Jürgen Habermas, de quem meu namorado tem uma coleção grande, são tão pesadas quanto as pedras usadas na construção das pirâmides. Eu digo ao meu namorado que homens morreram para erguer essas estruturas, cujas bases eram muito largas e cujo ponto mais alto era muito pequeno e distante; mas Habermas é a sua área, diz ele, e nesse estágio da vida ninguém vai lhe oferecer outro terreno para pastar. Ele é um homem ou um pônei? Enquanto está em pé lá no telhado olhando o céu, essa é a pergunta que faço a mim mesma, quase com saudades do temperamento horroroso do meu marido, que me fazia correr tão depressa que eu sempre dormia bem à noite. Às vezes", disse ela, "eu me refugio com minhas amigas, e ficamos todas juntas chorando e tramando, mas então meu namorado abre o piano e toca uma tarantela, ou então passa a tarde inteira assando um cabrito com vinho e cravo, e seduzida por esses sons e cheiros eu retorno, ergo as pedras de Habermas e torno a colocá-las na estante. Mas então um dia eu parei, reconhecendo que não conseguia mais conter aquilo e que a desordem precisava reinar; pintei as paredes de verde-claro, tirei meus próprios livros da estante e os deixei espalhados, deixei as rosas murcharem e morrerem nos vasos. Ele ficou empolgadíssimo e disse que aquilo tinha sido um passo importante. Saímos para comemorar, e ao voltarmos encontramos os gatos enlouquecidos na biblioteca espalhada em meio a uma nevasca de páginas, destruindo as lombadas com os dentes afiados enquanto nós assistíamos com o Chablis ainda correndo nas veias. Meus romances e volumes encadernados em couro estavam intactos: somente Habermas tinha sido atacado, sua fotografia arrancada de cada frontispício, *Mudança estrutural da esfera pública* marcada com grandes arranhões. E assim", disse ela em conclusão, "meu namorado aprendeu a guardar seus livros; ele não prepara mais assados nem abre o piano, e por essa bênção contraditória que é o encolhimento da sua personalidade eu tenho de agradecer aos gatos — se não talvez ao meu marido também."

Será que nós por acaso, disse Aris — o menino que na véspera havia falado sobre o cachorro em putrefação —, não usávamos os animais como puros reflexos da consciência humana, enquanto ao mesmo tempo sua existência exerce uma espécie de força moral pela qual os seres humanos se sentem objetificados e, portanto, contidos e seguros? Como escravos, disse ele, ou então criados, em cuja ausência seus patrões se sentiriam vulneráveis. Eles nos observam viver; eles provam que somos reais; por meio deles nós acessamos a história de nós mesmos. Em nossas interações com eles, nós — não eles

— somos exibidos como aquilo que de fato somos. Com certeza — para os seres humanos — a coisa mais importante num animal é não poder falar, disse ele. Sua história era sobre um hamster que ele tivera quando pequeno. Ele ficava olhando o hamster correr na gaiola. A gaiola tinha uma roda na qual ele corria. O bicho vivia correndo — a roda vivia fazendo barulho. Mas nunca ia a lugar nenhum. Ele adorava o seu hamster. Entendia que, se o amava, tinha de soltá-lo. O hamster fugiu, e ele nunca mais tornou a vê-lo.

Georgeou me informou que o horário, segundo o relógio que eu não podia mais ver, uma vez que estava posicionado bem atrás da minha cabeça, tinha acabado. Ele havia acrescentado alguns minutos para compensar o tempo que eu passara no corredor: esperava que eu fosse concordar com essa decisão, que ele tivera de tomar sozinho, de modo a não interromper.

Agradeci-lhe por essa informação e agradeci à turma pelas histórias, que tinham me proporcionado grande prazer, falei. Rosa havia pegado uma caixa rosa presa por uma fita que me passou por cima da mesa. Eram bolos de amêndoas feitos por ela mesma, falou, segundo uma receita que a avó lhe tinha dado. Eu podia levá-los comigo; ou então, se preferisse, podia dividir com a turma. Ela havia preparado um número suficiente para que todos pudessem comer, embora, como Cassandra não tinha aparecido, fosse sobrar um. Desamarrei a fita e abri a caixa perfumada. Lá dentro havia onze bolinhos, todos perfeitamente dispostos dentro de forminhas brancas plissadas. Virei a caixa de modo que todos pudessem ver o que Rosa tinha feito antes de passar os bolinhos. Georgeou disse estar aliviado por ter tido a possibilidade de examinar o conteúdo da caixa, na qual havia reparado mais cedo e que o havia deixado um pouco nervoso, pensando que poderia haver um animal lá dentro.

X

"Não se importe comigo", disse a mulher que estava sentada no sofá de Clelia quando saí do meu quarto às sete da manhã. Ela estava comendo mel direto de um vidro com uma colher. No chão ao seu lado havia duas malas grandes. Era uma pessoa magérrima, de rosto branco e cabelos encaracolados, em algum ponto dos quarenta anos, com um pescoço mais comprido que o normal e uma cabeça um tanto pequena, como a de um ganso. Sua voz produzira um som de grasnado bem distinto, o que aumentava essa impressão. Reparei na cor verde-clara de seus olhos miúdos, sem cílios e que não piscavam, encimados por sobrancelhas pretas severas; ela mantinha as pálpebras ligeiramente franzidas numa espécie de careta, como se quisesse se proteger da luz. Fazia um calor sufocante no apartamento. Suas roupas — jaqueta de veludo vinho, camisa e calça, além de botas de couro preto de aspecto pesado — deviam estar desconfortáveis.

— Acabei de chegar de Manchester — explicou ela. — Estava chovendo lá.

Ela sentia muito por chegar tão cedo, acrescentou, mas com o horário do seu voo, não conseguiu pensar numa alternativa, a menos que tivesse ido sentar num café com suas malas. O taxista a ajudara a carregá-las até lá em cima, o mínimo que ele podia fazer, disse ela, após ocupar toda a viagem de meia hora do aeroporto lhe contando em detalhes meticulosos o enredo do romance de ficção científica que estava escrevendo, pois ela cometera o erro de lhe dizer que tinha ido a Atenas ministrar um curso de escrita criativa. O inglês dele era muito bom, embora ele falasse com um forte sotaque escocês: havia passado dez anos dirigindo um táxi em Aberdeen, e certa vez conduzira o escritor Iain Banks, que segundo ele tinha se mostrado muito encorajador. Ela havia tentado explicar que era dramaturga, mas ele então dissera que ela estava ficando técnica demais. A propósito, disse ela, meu nome é Anne.

Ela se levantou para apertar minha mão e tornou a sentar em seguida. Vi a mim e a ela como se através das grandes janelas de Claire, duas mulheres apertando-se as mãos num apartamento de Atenas às sete da manhã. A mão dela era muito branca e ossuda, e seu aperto era firme, nervoso.

"Que apartamento agradável", disse ela, olhando em volta. "Eu não sabia o que esperar — nunca sabemos o que esperar nessas ocasiões, não é? Acho que pensei que fosse ser mais impessoal", falou. "No caminho para cá, fiquei lembrando a mim mesma para imaginar o pior, e evidentemente deu certo."

Por algum motivo, continuou ela, havia imaginado que fosse ser enfiada numa caixa em algum conjunto de prédios anônimo e poeirento, onde cães latiam, crianças choravam e as pessoas penduravam roupas para secar em pedaços de barbante amarrados nos peitoris das janelas, muitos metros acima do chão; chegara a visualizar uma autoestrada lá embaixo, embora talvez fosse apenas porque tinha visto lugares assim no táxi a caminho da cidade, e os tinha memorizado sem de fato olhar para eles. Mas supunha que esperasse ser maltratada, de alguma forma. Não sabia ao certo exatamente por quê. Era bom ter uma surpresa agradável, falou, olhando em volta outra vez.

Tornou a mergulhar a colher no pote de mel e a levou até a boca pingando.

"Me desculpe", falou, "é o açúcar. Quando começo, não consigo mais parar."

Eu disse que havia comida na cozinha se ela quisesse, e ela fez que não.

"Eu prefiro não saber", respondeu. "Tenho certeza de que já, já chegarei lá. É sempre diferente num lugar novo, mas raramente melhor."

Já eu fui até a cozinha fazer um café para nós duas. O ambiente estava quente, abafado, e abri a janela. O barulho do tráfego distante veio lá de fora e entrou. A vista vazia dos fundos pintados de branco dos outros prédios estava totalmente na sombra. Era cheia de estranhas formas retilíneas onde novas estruturas e anexos tinham sido acrescentados, e estas se projetavam no espaço vazio entre os dois lados da rua de modo que em alguns pontos quase se tocavam, como as metades de algo que houvesse rachado no meio de cima a baixo. O chão estava tão distante lá embaixo que se perdia de vista, escondido nas profundezas sombreadas daquela estreita ravina branca de blocos e retângulos onde nada crescia nem se movia. O sol despontava feito uma cimitarra na borda dos telhados.

"Quase morri de susto com a mulher no corredor", disse Anne quando voltei. "Assim que entrei, pensei que ela fosse você." Sua voz tornou a sair como uma espécie de grasnado, e ela levou a mão ao pescoço comprido. "Não gosto de ilusões", acrescentou. "Eu me esqueço que elas estão lá."

Ela também tinha me dado vários sustos, falei.

"Eu sou meio nervosa em geral", disse Anne. "Deve dar para perceber."

Ela me perguntou quanto tempo fazia que eu estava lá, como eram os alunos e se eu já estivera em Atenas antes. Não sabia muito bem como iria funcionar a barreira da língua; escrever numa língua que não fosse a sua era uma ideia engraçada. A gente quase sente vergonha do jeito como as pessoas são forçadas a usar o inglês, do quanto de si mesmas precisa ser abandonado nessa transição, como pessoas a quem se diz para deixar suas casas e levar consigo apenas uns poucos objetos essenciais. No entanto, havia também nessa imagem uma pureza que a atraía, pois ela era repleta de possibilidades para se autoinventar. Libertar-se dos acúmulos, tanto mentais quanto verbais, era de certo modo uma perspectiva atraente; isso até você se lembrar de algo que necessitava e que tivera de deixar para trás. Ela, por exemplo, constatava que não conseguia fazer piadas quando estava falando outra língua; em inglês, era de modo geral uma pessoa com senso de humor, mas em espanhol, por exemplo — que em determinado momento chegou a falar bastante bem —, não. Então imaginava que não fosse tanto uma questão de tradução, e sim de adaptação. A personalidade era forçada a se adaptar às suas novas circunstâncias linguísticas, a se criar outra vez; era um pensamento interessante. Havia um poema de Beckett, falou, que ele tinha escrito duas vezes, uma em francês, outra em inglês, como para provar que o fato de ser bilíngue o tornava duas pessoas, e que a barreira da língua era em última instância intransponível.

Perguntei-lhe se ela morava em Manchester, e ela respondeu que não, que só estava lá dando outro curso, e que tivera de pegar um voo direto de lá para cá. Era um pouco exaustivo, mas ela precisava do dinheiro. Praticamente não tinha escrito nada nos últimos tempos — não que alguém ficasse rico escrevendo teatro, pelo menos não o tipo de peça que ela escrevia. Mas algo havia acontecido com a sua escrita. Houve — bem, seria possível chamar de um incidente, e como dramaturga ela sabia que o problema com os incidentes era que toda a culpa era atribuída a eles: eles se tornam uma premissa para a qual todo o resto é atraído, como buscando uma explicação de si mesmo. Talvez esse... problema tivesse ocorrido de qualquer forma. Ela não sabia.

Perguntei-lhe qual era o problema.

"Eu o chamo de resumir", disse ela com um grasnado alegre. Toda vez que concebia uma nova peça, antes de chegar muito longe já se pegava resumindo-a. Muitas vezes era preciso apenas uma palavra: "tensão", por exemplo, ou "sogra", embora em inglês, a rigor, *mother-in-law* fossem três palavras. Assim que algo era resumido, tornava-se para todos os efeitos morto, uma coisa inerte, e ela não conseguia mais lhe dar continuidade. Por que se dar ao trabalho de escrever uma longa peça sobre o ciúme quando a palavra "ciúme" praticamente a resumia? E não era apenas o seu próprio trabalho — ela dava por si fazendo isso com o trabalho dos outros, e descobrira que mesmo os mestres, as obras que ela sempre havia reverenciado, se permitiam em grande parte ser resumidos. Até mesmo Beckett, o seu deus, fora destruído por *insignificância*. Ela sentia a palavra começar a surgir e tentava contê-la, mas ela continuava a se aproximar, subindo, subindo cada vez mais até estourar de modo irreversível dentro da sua mente. E não eram só os livros, tampouco, isso estava começando a acontecer com pessoas — noutra noite ela estava bebendo alguma coisa com uma amiga, olhou para o outro lado da mesa e pensou, *amiga*, e consequentemente teve a forte desconfiança de que a sua amizade houvesse acabado.

Ela raspou a colher no fundo do pote de mel. Tinha consciência de que isso era também um mal-estar cultural, disse ela, mas ele havia invadido seu mundo interior de tal forma que ela própria se sentia resumida, e estava começando a questionar de que adiantava continuar existindo dia após dia quando *vida de Anne* praticamente definia a questão.

Perguntei-lhe qual era o incidente — se fosse a palavra que ela havia usado —, qual era o incidente ao qual ela fizera alusão mais cedo. Ela tirou a colher da boca.

"Eu fui assaltada", grasnou ela. "Seis meses atrás. Tentaram me matar."

Eu disse que isso era horrível.

"É o que as pessoas sempre dizem", falou ela.

A essa altura tinha terminado o mel e estava lambendo da colher cada último vestígio. Perguntei-lhe se não queria mesmo que eu fosse pegar alguma outra coisa para ela comer, já que obviamente estava com tanta fome.

"É melhor não", disse ela. "Como eu falei, quando começo não consigo mais parar."

Sugeri que talvez pudesse ajudar se eu lhe desse algo definido, algo limitado cujo fim fosse claro.

"Pode ser", disse ela em tom de dúvida. "Não sei."

Abri a caixa rosa que Rosa tinha me dado e que estava em cima da mesa de centro entre nós duas e lhe estendi o único bolinho que havia sobrado. Ela o pegou e o segurou na mão.

"Obrigada", falou.

Uma das consequências do incidente, falou, era que ela havia perdido a capacidade de comer de maneira normal — fosse lá o que isso fosse. Supunha que antes soubesse fazer isso, pois tinha chegado até ali sem nunca pensar de fato a respeito de comer, mas nem que se esforçasse muito conseguia recordar como ou o que havia comido durante todos esses anos. Antes, falou, era casada com um homem que cozinhava muito bem e tinha de modo geral um conceito de ordem em relação à comida que beirava o fanatismo. Na última vez em que o vira, meses antes, ele havia sugerido que fossem almoçar. Ela havia escolhido um restaurante da moda de um tipo que não mais frequentava por motivos de economia e também, supunha, porque agora lhe faltava a sensação necessária de prerrogativa, ou seja, ela sentia que não tinha mais o direito de estar nesse tipo de lugar. Sentara-se e observara-o pedir e em seguida consumir lentamente uma entrada, um prato principal e uma sobremesa, cada porção muito moderada e perfeita à sua maneira — a entrada eram ostras e a sobremesa, se ela bem se lembrava, morangos frescos com um pouco de creme —, seguidos por um pequeno café expresso que ele havia bebido de um gole só. Ela própria havia pedido uma salada servida como acompanhamento. Depois que se despediram, ela havia passado numa casa de rosquinhas, entrado e comprado quatro, que consumira uma depois da outra em pé na rua.

"Nunca contei isso para ninguém", disse ela, levando o bolinho de Rosa à boca e dando uma mordida.

Ao observá-lo comer o almoço, continuou ela, havia experimentado duas sensações que pareciam se contradizer diretamente. A primeira foi saudade; a segunda, náusea. Ela ao mesmo tempo queria e não queria o que quer que aquela imagem — a imagem dele comendo — houvesse invocado. A saudade era bem fácil de entender: era o que os gregos chamavam de *nostos*, palavra que em inglês traduzíamos como "*homesickness*", "o mal de casa", embora ela nunca tivesse gostado desse termo. Parecia muito inglês tentar definir um estado emocional como uma espécie de vírus que ataca o estômago. Mas nesse dia ela se dera conta de que *homesickness* meio que resumia a questão.

Seu ex-marido não tinha sido de grande ajuda depois do incidente. Como não eram mais casados, ela imaginava que tivesse sido errado esperar isso, mas mesmo assim o fato a deixou surpresa. Quando aconteceu, ele foi a primeira pessoa para quem ela pensou em ligar — por hábito, poderia parecer, mas para ser bem sincera ela ainda os considerava ligados de algum modo indissolúvel. Ao falar com ele ao telefone naquele dia, porém, ficou imediatamente visível que ele não compartilhava da sua opinião. Mostrou-se educado, distante e sucinto enquanto ela estava brava, histérica e aos soluços: "oposto completo" foi a expressão que, naqueles instantes difíceis, havia surgido em sua mente.

Foi com outras pessoas, algumas delas desconhecidas, que o incidente precisou ser decantado: policiais, terapeutas, um ou dois bons amigos. Mas fora tudo uma descida aos infernos, um redemoinho de não significado no qual a ausência de seu marido parecera a ausência de um centro magnético, de modo que sem ele nada fazia sentido algum. A polarização de homem e mulher era uma estrutura, um formato: ela só a sentira depois de ela desaparecer, e quase parecia que o colapso dessa estrutura, desse equilíbrio, era o responsável pelo extremo que ocorrera depois. Seu abandono por um homem, em outras palavras, conduziu diretamente ao seu ataque por outro, até as duas coisas — a presença do incidente e a ausência do marido — quase passarem a parecer uma só. Ela havia imaginado, falou, que o fim de um casamento fosse um lento desembaraçar de seus significados, uma longa e dolorosa reinterpretação, mas no seu caso não tinha sido nada disso. Na época, ele havia se livrado dela de modo tão eficiente e suave que ela quase se sentira reconfortada ao ser deixada para trás. Ele sentara ao seu lado vestido com seu terno no sofá de um terapeuta durante o número obrigatório de sessões, conferindo discretamente o relógio e garantindo a todo mundo querer apenas o que era justo, mas poderia muito bem ter mandado um modelo em papelão de si mesmo, pois na sua mente era óbvio que estava em outro lugar, galopando rumo a novos pastos. Longe de ser uma reinterpretação, o seu fim tinha sido praticamente mudo. Pouco depois, ele fora morar com a filha de um aristocrata — um conde não sei de onde — que estava agora grávida do seu primeiro filho.

De certa forma, ela aceitava que simplesmente ele a estava deixando do mesmo jeito que a havia encontrado uma década antes, uma dramaturga pobre com alguns amigos atores e uma coleção de livros usados grande e sem valor. No entanto, ela logo descobrira que não era mais essa pessoa: por meio dele, havia se tornado outra. Em certo sentido, ele a havia criado, e quando ela lhe telefonara naquele dia do incidente, estava se reportando de volta a ele como sua criação, supunha. Seus vínculos com a vida antes dele haviam sido completamente rompidos — essa pessoa não existia mais, então quando o incidente ocorreu isso significara dois tipos de crise, uma das quais era uma crise de identidade. Em outras palavras, ela não sabia ao certo a quem aquilo tinha acontecido. Seria possível dizer, portanto, que essa questão da adaptação estava em primeiro plano na sua mente. Ela parecia alguém que tivesse esquecido a língua materna, ideia que também sempre a fascinara. Depois do incidente, havia constatado que lhe faltava o que se poderia chamar de vocabulário, uma língua materna do eu: faltaram-lhe palavras, como se dizia, pela primeira vez na vida. Ela não conseguia descrever o que havia acontecido, nem com ela mesma, nem com os outros. Falava sobre isso, claro, falava sobre isso sem parar — mas, por mais que falasse, a coisa em si permanecia intocada, velada e misteriosa, inacessível.

No voo para lá, disse, por acaso começara a conversar com o homem sentado ao seu lado, e na verdade tinha sido essa conversa que fizera sua mente começar a refletir sobre esses temas. Ele era um diplomata recém-lotado na embaixada de Atenas, mas sua carreira o tinha feito morar no mundo inteiro, e em consequência aprender muitos de seus idiomas. Ele fora criado na América do Sul, disse, e portanto sua língua materna era o espanhol; sua mulher, porém, era francesa. A família — ele, a mulher e os três filhos — usava quando estava junta a moeda universal da língua inglesa, mas como haviam passado muitos anos vivendo no Canadá, as crianças falavam um inglês americanizado, enquanto o dele fora aprendido durante um longo período passado em Londres. Ele era também totalmente fluente em alemão, italiano e mandarim, sabia um pouco de sueco por causa de um ano passado em Estocolmo, tinha uma compreensão funcional do russo, e era capaz de se virar muito bem e sem grande esforço em português.

Ela ficava nervosa em aviões, falou, de modo que a conversa no fundo havia começado como distração. Mas na verdade havia achado toda a história dele, da sua vida e das várias línguas nas quais ela havia transcorrido, cada vez mais fascinante, e começara a lhe fazer mais e mais perguntas para tentar obter dele o máximo de detalhes possível. Perguntara-lhe sobre a sua infância, seus pais, sua educação, sobre a evolução da sua carreira, o encontro com a mulher, o casamento e a vida em família subsequentes, sobre as suas experiências nos diversos postos ao redor do mundo; e quanto mais escutava suas respostas, mais ela sentia que algo fundamental estava se delineando, algo relacionado não a ele, mas a si mesma. Percebeu que ele estava descrevendo uma distinção que parecia ficar cada vez mais clara à medida que falava, uma distinção que o punha de um lado enquanto ela, como foi ficando cada vez mais visível, estava do outro. Em outras palavras, ele estava descrevendo aquilo que ela própria não era: em tudo que dizia sobre si, ela encontrava na sua própria natureza uma negativa correspondente. Essa antidescrição, na falta de um termo melhor, tinha, graças a uma espécie de exposição reversa, deixado algo claro para ela: enquanto ele falava, ela começara a se ver como uma forma, um esboço, com todos os detalhes preenchidos em volta enquanto a forma em si permanecia vazia. Mas essa forma, ainda que o seu conteúdo permanecesse desconhecido, lhe deu, pela primeira vez desde o incidente, uma noção de quem ela era agora.

Ela perguntou se eu me importaria que tirasse as botas; estava começando a ficar com calor. Tirou também a jaqueta de veludo. Disse que havia sentido frio o tempo todo nos últimos meses. Perdera muito peso; imaginava que isso explicasse o frio. Aquele homem, seu vizinho no avião, era muito baixo — quase teria sido possível descrevê-lo como mignon. Pela primeira vez em anos, ele a fizera se sentir um tanto grande. Era muito pequeno e elegante, com mãos e pés de tamanho infantil, e sentada ao seu lado num espaço tão exíguo ela começara a ficar cada vez mais consciente do próprio corpo e do quanto ele havia mudado. Nunca tinha sido particularmente gorda, mas depois do incidente com certeza havia encolhido, e agora, agora na verdade não sabia o que era. O que percebeu foi que o seu vizinho, tão elegante e compacto, decerto sempre tinha sido daquele jeito que era agora: sentada ao seu lado, essa distinção ficara aparente para ela. Em sua vida como mulher, o caráter amorfo — a mudança de forma — tinha sido uma realidade física: seu marido fora de certa forma o seu espelho, mas ultimamente ela se via sem esse reflexo. Depois do incidente, perdeu mais de um quarto de seu peso corporal — lembrava-se de encontrar um conhecido na rua que tinha olhado para ela e dito: não sobrou nada de você. As pessoas haviam passado algum tempo lhe dizendo coisas desse tipo, dizendo-lhe que ela estava minguando, sumindo, descrevendo-a como uma ausência iminente. Para a maior parte das pessoas que ela conhecia, gente de quarenta e poucos anos, essa era uma fase de suavização e expansão, de expectativas se desfazendo, de desleixo ou ganho de peso após a exaustão da caça: ela as via começar a relaxar e a ficar à vontade em suas vidas. No seu caso, porém, ao sair de volta para o mundo outra vez, as linhas continuavam precisas, as expectativas não tinham perdido sua força: ela às vezes sentia ter chegado a uma festa bem na hora em que estava todo mundo indo embora, voltando para casa juntos para dormir. Ela não dormia muito, aliás — era uma sorte eu estar voltando para casa nesse dia, porque podia ver que o apartamento era bem pequeno e ela teria me acordado, zanzando por ele às três da manhã.

Mas sentada ao lado de seu vizinho, como ela ia dizendo, sentira uma súbita ânsia de se conhecer outra vez, de saber como ela era. Deu por si pensando como seria fazer sexo com ele, se por serem tão diferentes causariam repulsa um no outro. Quanto mais ele falava, mais ela pensava nessa questão, se as suas diferenças, naquele ponto, só poderiam levá-los a um estado de repulsa mútua. Pois essa diferença, essa distinção, a essa altura já havia se formulado, já havia superado o tamanho, a forma e a atitude para se tornar um único ponto que ela podia ver com muita clareza na mente: o ponto era que ele vivia uma vida controlada pela disciplina, enquanto a dela era regida pela emoção.

Quando ela lhe perguntara como ele havia dominado as muitas línguas que falava, ele lhe descrevera seu método, que era construir na mente uma cidade para cada idioma, construí-la tão bem e de maneira tão sólida que ela permaneceria em pé a despeito das suas circunstâncias de vida ou da duração da sua ausência.

"Pus-me a imaginar todas essas cidades de palavras", disse ela, "e ele a percorrê-las umas depois das outras, uma silhueta diminuta em meio a essas grandes e assombrosas estruturas. Disse que essa imagem me fazia pensar na escrita, a não ser pelo fato de uma peça de teatro ser mais uma casa do que uma cidade; e me lembro de como isso antigamente fazia com que me sentisse forte, construir essa casa e então me afastar dela, e ao olhar para trás ver que ela ainda estava ali. Ao mesmo tempo que me lembrei dessa sensação", disse ela, "tive absoluta certeza de que nunca mais voltaria a escrever peça nenhuma, e na verdade nem sequer conseguia recordar como escrevera alguma, que passos tinha dado, que materiais havia usado. Mas sabia que teria sido tão impossível para mim escrever uma peça agora quanto construir uma casa em cima d'água enquanto estivesse flutuando no mar.

"Meu vizinho então disse algo que me surpreendeu", continuou ela. "Confessou-me que desde a sua chegada em Atenas, seis meses antes, fora absolutamente incapaz de fazer qualquer progresso em grego. Tinha dado o melhor de si, havia até contratado um professor particular que ia à embaixada duas horas por dia, mas não conseguia guardar uma palavra sequer. Assim que o professor ia embora, tudo que meu vizinho havia aprendido se dissolvia: em contextos sociais, reuniões, em lojas e restaurantes, dava por si abrindo a boca para um imenso vazio que parecia uma pradaria a se estender desde os seus lábios até o fundo da sua mente. Como era a primeira vez na vida que isso lhe acontecia, não sabia se a culpa era sua ou se poderia ser atribuída, de algum modo, ao idioma em si. Ela talvez fosse rir dessa ideia, falou, mas a sua confiança na própria experiência significava que ele não podia descartá-la de todo.

"Eu perguntei", disse ela, "como sua mulher e seus filhos tinham se virado com a língua, e se haviam encontrado dificuldades parecidas. Ele então admitiu que sua mulher e seus filhos tinham ficado no Canadá, onde a sua vida a essa altura estava a tal ponto estabelecida que não poderia ter sido transplantada. Sua mulher tinha o trabalho e os amigos; as crianças não queriam deixar a escola e sua vida social. Mas era a primeira vez que a família ficava separada. Ele tinha consciência de não ter me contado isso no começo, falou; não sabia ao certo por quê. Não tinha previsto que fosse vir a ser relevante.

"Perguntei a ele", disse ela, "se havia lhe ocorrido que a sua incapacidade de aprender grego estava relacionada à ausência da família. Não precisava nem ser uma questão de sentimentalismo, mas apenas que as condições nas quais ele sempre havia alcançado o sucesso não estavam mais presentes. Ele pensou um pouco a respeito, então disse que até certo ponto era verdade. Mas no fundo de seu coração achava que era por não considerar o grego em si uma língua útil. Não era uma língua internacional; todos no mundo diplomático ali se comunicavam em inglês; no final das contas, teria sido uma perda de tempo.

"Houve nesse comentário algo tão definitivo", disse ela, "que percebi que a nossa conversa havia terminado. E é verdade que, embora ainda faltasse uma hora e meia de voo, nós não trocamos mais uma palavra sequer. Fiquei sentada ao lado daquele homem e senti a força do seu silêncio. Quase senti que havia sido castigada. No entanto, tudo que acontecera fora que ele havia se recusado a assumir a culpa pelo próprio fracasso, e rejeitado minha tentativa de ler nisso algum tipo de significado, um significado que ele me viu exageradamente disposta a formular. Foi quase uma medição de forças, a disciplina dele contra a minha emoção, com apenas o braço da cadeira entre nós. Esperei que ele me fizesse alguma pergunta, o que afinal de contas teria sido apenas educado, mas ele não fez, muito embora eu houvesse feito tantas a respeito dele. Trancou-se na sua própria visão da vida, correndo inclusive o risco de me ofender, pois sabia que essa visão estava ameaçada."

Ela ficara sentada no avião, falou, pensando no seu hábito da vida inteira de se explicar, e pensou nesse poder do silêncio, que punha as pessoas fora do alcance umas das outras. Ultimamente, desde o incidente — agora que as coisas tinham ficado mais difíceis de explicar, e que as explicações eram mais duras e mais sombrias —, até mesmo seus amigos mais próximos passaram a lhe dizer que deixasse de falar no assunto, como se ao falar no assunto ela fizesse aquilo continuar a existir. No entanto, se as pessoas se calassem sobre o que havia lhes acontecido, então algo não estaria sendo traído, nem que fosse apenas a versão de si mesmas que tinha vivido aquilo? Por exemplo, nunca se dizia da história que não se devia falar a respeito; pelo contrário, em termos históricos, silenciar era esquecer, e isso era a coisa que as pessoas mais temiam, quando era a sua própria história que corria o risco de ser esquecida. E a história na verdade era invisível, embora seus monumentos continuassem de pé. A construção dos monumentos era metade da história, mas o resto era interpretação. No entanto, havia algo pior que o esquecimento, a saber, a interpretação equivocada, a parcialidade, a apresentação seletiva dos acontecimentos. A verdade precisava ser representada; não podia simplesmente ser deixada para representar a si mesma, como por exemplo ela havia feito com a polícia após o incidente, para em seguida se ver mais ou menos excluída.

Perguntei-lhe se ela se importaria em me falar sobre o incidente, e seu rosto adquiriu uma expressão de alarme. Ela levou as mãos ao pescoço, onde duas veias azuis se destacavam.

"Um cara pulou de um arbusto", grasnou. "Ele tentou me estrangular."

Ela esperava que eu entendesse, acrescentou, mas apesar do que tinha dito mais cedo, na verdade estava tentando não falar mais sobre aquilo. Estava dando o melhor de si para resumi-lo. Digamos apenas que o drama nesse dia se tornou algo real para mim, falou. Deixou de ser teórico, não era mais uma estrutura interna em que ela pudesse se esconder para de lá olhar o mundo. Em certo sentido, o seu trabalho havia pulado de um arbusto para atacá-la.

Falei que a meu ver até certo ponto muitas pessoas sentiam isso, não em relação ao trabalho, mas à vida em si.

Ela passou algum tempo sentada no sofá sem dizer nada, assentindo com a cabeça, as mãos unidas sobre a barriga. Pouco depois, perguntou-me quando eu ia embora. Eu lhe disse que meu voo seria dali a poucas horas.

"Que pena", disse ela. "Está feliz por voltar?"

De certa forma, respondi.

Ela me perguntou se havia algo em especial que eu achasse que ela precisava ver enquanto estivesse ali. Sabia que a cidade era repleta de lugares de importância cultural global, mas por algum motivo achava esse conceito um pouco intimidador. Se houvesse algo menor, algo que eu valorizasse pessoalmente, ela ficaria grata em saber.

Eu disse que ela poderia ir à Ágora ver as estátuas sem cabeça das deusas na colunata. Era um lugar fresco, tranquilo, e os imensos corpos de mármore com suas vestes de aspecto macio, de tão anônimos e mudos, proporcionavam um estranho alento. Certa vez eu havia passado três semanas ali sozinha com meus filhos, falei, quando ficamos presos porque todos os voos de saída tinham sido cancelados. Embora não se pudesse ver, diziam que havia no céu uma imensa nuvem de cinzas; as pessoas tinham medo de que pedacinhos de cascalho travassem as turbinas. Aquilo me levara a pensar nas visões apocalípticas dos místicos medievais, falei, essa nuvem tão imperceptível e ao mesmo tempo tão verossímil. Então nós tínhamos ficado três semanas ali, e como não deveríamos estar ali, eu sentira que tínhamos nos tornado de certa forma invisíveis. Não vimos ninguém nem falamos com ninguém a não ser uns com os outros durante todo esse tempo, embora eu tivesse amigos em Atenas para quem poderia ter telefonado. Mas não lhes telefonei; a sensação de invisibilidade era forte demais. Passamos muito tempo na Ágora, falei, um lugar que fora invadido, destruído e reconstruído muitas vezes ao longo de sua história, até por fim, na época moderna, ser resgatado e preservado. Passáramos a conhecê-lo bastante bem, falei.

Ah, fez ela. Bem, se eu quisesse visitá-lo de novo e se tivesse tempo, quem sabe poderíamos ir até lá juntas. Não estava certa de que conseguiria encontrar sozinha. E caminhar um pouco lhe faria bem — talvez a fizesse parar de pensar em comida.

Falei que ela poderia provar um *souvlaki*: nunca mais passaria fome na vida.

Souvlaki, disse ela. Sim, acho que ouvi falar.

Meu telefone tocou, e o tom alegre e destemido do meu vizinho se fez ouvir do outro lado.

Ele esperava que eu estivesse bem naquela manhã, falou. Torcia para não ter havido mais nenhum incidente que tivesse me deixado perturbada. Tinha reparado que eu não respondera às suas mensagens de texto, então achara melhor ligar. Havia pensado em mim; queria saber se eu teria tempo para uma saída de barco antes do meu voo.

Eu disse que infelizmente não — esperava que tornásse-mos a nos ver da próxima vez que fosse a Londres, mas por enquanto tinha compromisso com outra pessoa para visitar uma atração turística.

Nesse caso, disse ele, vou passar o dia solícito.

Solitário, você quer dizer, disse eu.

Queira me desculpar, disse ele. Quis dizer solitário, claro.

We acknowledge the support of the Canada Council for the Arts.
Nous remercions le Conseil des arts du Canada de son soutien.

Outline © Rachel Cusk, 2014. Todos os direitos reservados.

Todos os direitos desta edição reservados à Todavia.

Grafia atualizada segundo o Acordo Ortográfico da Língua
Portuguesa de 1990, que entrou em vigor em 2009.

capa
adaptação da capa original de
Rodrigo Corral para Faber & Faber
imagem de capa
Charlie Engman
composição
Jussara Fino
preparação
Leny Cordeiro
revisão
Huendel Viana
Ana Alvares

10ª reimpressão, 2025

Dados Internacionais de Catalogação na Publicação (CIP)

Cusk, Rachel (1967-)
Esboço / Rachel Cusk ; tradução Fernanda Abreu. —
1. ed. — São Paulo : Todavia, 2019.

Título original: Outline
ISBN 978-65-80309-23-8

1. Literatura inglesa. 2. Romance. 3. Ficção
contemporânea. I. Abreu, Fernanda. II. Título.

CDD 823

Índice para catálogo sistemático:
1. Literatura inglesa : Romance 823

Bruna Heller — Bibliotecária — CRB 10/2348

todavia
Rua Luís Anhaia, 44
05433.020 São Paulo SP
T. 55 11. 3094 0500
www.todavialivros.com.br

fonte
Register*
papel
Pólen natural 80 g/m²
impressão
Geográfica